教師の悩みは、すべて小説に書いてある

『坊っちゃん』から『告白』までの文学案内

波戸岡景太 著
KEITA HATOOKA

小鳥遊書房

教師の悩みは、すべて小説に書いてある

——『坊っちゃん』から『告白』までの文学案内／目次

はじめに

夏目漱石の『坊っちゃん』(1)を皮切りに、日本の近現代文学には、「先生」と呼ばれるさまざまな教師が登場します。今回この本で私が挑戦してみたいのは、そうした物語上の「先生」を叩き台として、現実社会の教育実践上の問題、平たく言えば「先生であることを失敗したくない」という現役教師の悩みに、具体的な方策を提案していくことです。

人を導く立場にある私たち教師は、「今日の授業はうまくいかなかったな」とか「生徒からこんな反応がくるなんて」などといった具合に、とかく「失敗」というものを意識し続けています。勘違いや誤字脱字、そしてど忘れ。先生も人間である以上、こうした授業中の失敗をゼロにすることはできません。一方で、「今日の授業はうまくいった」とか、「このクラスとは一年を通じてとても良い雰囲気になれた」といった成功体験は、そうした小さな失敗の山を一気に吹き飛ばしてくれるような爽快なものです。教師というものは、このような成功体験にひっぱられて、今日も教壇に立っていると言っても過言ではないでしょう。

ところが、本書で考えてみたいのは、そうした成功に向けてのがんばりの途中にこそ、思ってもみなかった「失敗」があるということです。

たとえば、本書第2章で取り上げる「あだ名」の場合。「あだ名」で呼びあうことで学級を盛り上げているつもりのクラス運営が、他の先生にとっては首をひねるようなものであったというのは、決して珍しいケースではありません。そして、こうした「失敗」は、往々にしてその原因となる先生にとっては「死角」に入ってしまっているものです。そこで、本書では、匿名の先生たちの悩みや質問を紹介し、そこから明らかになってくる「死角化された失敗」を、近現代小説に描かれた教師たちの葛藤と重ね合わせて読み解いていこうと思います。

なお、本書の想定する第一の読者は「先生」その人ですが、目指すところは、いわゆる教員マニュアルを超えるものです。「教師の悩みは、すべて小説に書いてある」という仮説に従い、これまで生徒視点によってのみ読解されることの多かった学校小説を「先生視点」から解釈し直すとき、そこには近現代小説の新たな可能性が浮上してくるはずです。[2] 教師の方もそうでない方も、ぜひこの実験にお立会いください。

第1章　「先生」と呼びあうことに違和感をおぼえます

【Y先生の質問】

教師になって数年たちます。生徒や保護者との関係もおおむね良好です。クラス運営にも自信がついてきて、「先生！」と呼びかけられても、新人の頃のように違和感をおぼえなくなりました。ですが、いつまでたっても慣れないのが、教師同士がお互いを「先生」と呼びあうことです。「先生」のような呼び名は、同僚のような間柄では使うものではないと思うのですが、考え過ぎなのでしょうか？

◉先生と呼ばれるほどの……

プロ意識の高い先生であっても、いや、プロ意識の高い先生であればあるほど、Y先生のように、教師同士が互いを「先生」と呼びあうことへの違和感は強いものかもしれません。それは、プライドの裏返しとしての慎みであり、謙遜によるものです。きっと、「先生」という言葉に誇りをもつがゆえに、その響きの良さに甘んじたくないといった気持ちが湧いてくるのでしょう。

確かに、「先生」という言葉には、独特な含みがあります。『広辞苑』（第七版）を調べてみても、その語義には、「敬《うやま》い」から「からかい」までといった具合に、解釈の揺らぎが含まれています。まず、同書の第一義は「先に生まれた人」であり、第二義は「学徳のすぐれた人。自分が師事する人。また、その人に対する敬称」とされています。年上の教員が年下の同僚を「先生」と呼び、師であるはずもない教員をその同僚が「先生」と呼ぶとき、そこに拭いがたいほどの違和感が生じてしまうのも、こうした定義の幅を思えば仕方がありません。それどころか、「先生」の最後の第五義ともなると、これが「他人を、親しみまたはからかって呼ぶ称」となってしまうから困ったものです。

では、職業としての「先生」はいったいどのように定義されているのでしょうか。じつは、こちらは第三義としてただ一言「学校の教師」とあるばかりです。

この定義がずいぶんと素っ気なく思えてしまうのは、続く第四義が、「医師・弁護士など、指導的立場にある人に対する敬称」（傍点引用者）とされていることとも関係します。つまり、「先生」という呼び名の不思議は、辞書的な意味からすると、それが学校という場で使用されるときに限り、なぜか「敬称」ではなくなってしまうということにあります。そして、「敬い」を差し引かれた学校の「先生」にとって、その呼び名は、年齢や立場の差を考慮しないニュートラルな職名にとどまるか、さもなければ、「親しみ」あるいは「からかい」を含意したものとして機能してしまうのです。ちなみに、『広辞苑』の「先生」の項の最後には、こんな用例が取り上げられています。

先生と呼ばれるほどの馬鹿でなし

これは、「先生とおだてているつもりのものを制する言葉」という意味だと説明されています。もちろん、敬称としての「先生」が定義上存在しない学校において、それによって相手を「おだてている」と解釈されるいわれはありません。ですが、Y先生が「教員同士がお互いを『先生』と呼びあうこと」に「いつまでたっても慣れない」と嘆かれているように、現実問題として、学校における先生という呼び名は、敬称ではないのに敬称として機能するといった、ある種の二重性をもっていることは確かです。では、私たち「学校の教師」は、いったいどのようなスタンスでこの「学校の先生」という概念に向きあっていくべきなのでしょうか。

◉『坊っちゃん』からはじまる

ちなみに、小説のなかに登場する「先生」をあげてみてくださいと言われたら、みなさんはどの作品の先生を思い浮かべるでしょうか。夏目漱石の『こころ』(1)に登場する、最後まで本名の明かされない「先生」でしょうか。谷崎潤一郎の『卍』(2)で語り手の独白を一身に引き受ける、やはり最後まで匿名の「先生」でしょうか。いずれにせよ、小説に出てくる「先生」というのは、主人公にとっての「自分が師事する人」であっても、その人が実際に「学校の教師」をしているとは限りません。

『広辞苑』第三義の「学校の教師」にあたるのは、たとえば、『銀河鉄道の夜』(3)の冒頭で、ジョバンニたちの態度に困惑させられていた「先生」であるとか、『ノルウェイの森』(4)で「演劇史Ⅱ」を教えている「憂鬱そうな顔をした小柄な教師」であるとか、そういった脇役たちです。そしてもちろん、主役級の教師といえば、夏目漱石の『坊っちゃん』がその筆頭にあげられるでしょう。『坊っちゃん』にある、こんなシーンを思い出してください。

愈《いよいよ》学校へ出た。初めて教場へ這入《はい》って高い所へ乗った時は、何だか変だった。講釈をしながら、おれでも先生が勤まるのかと思った。生徒はやかましい。時々図抜けた大きな声で先生と云う。先生には応えた。今まで物理学校で毎日先生々々と呼びつけていたが、先生と呼ぶのと、呼ばれるのは雲泥の差だ。何だか足の裏がむずむずする。(5)

いかがでしょうか。「先生と呼ばれるほどの……」という、あの警戒心への第一歩が、ここにもすでに見て取れるような気がしませんか。

この引用をもう少し詳細に分析してみましょう。

「坊っちゃん」の独白が、図らずも明示してしまっているのは、「おれ」と「先生」の乖離です。すでに「先生」であるはずの「おれ」は、自身のなかに、「生徒」であった頃の「おれ」を温存しています。図式化すると、生徒（かつての「おれ」）→ 先生（現在の「おれ」）

といった具合になり、この教場には結局、「おれ」しかいない状況です。かつての「おれ」が、現在の「おれ」に向かって、「先生」と呼ぶ。ですが、かつての「おれ」は、その現在の「おれ」の気持ちなど理解したためしもなかったし、反対に、現在の「おれ」は、かつての「おれ」がそのように「先生」なるものに対して無理解であったことを知っている。そればかりか、そうした気持ちに共感をおぼえてしまってもいる……。

この、なんともややこしい状況の元凶が、どうやら「先生」という呼びかけそのものにあるらしい。「坊っちゃん」が「先生には応えた」というのは、そういう理由によります。そして、彼は自分の体にちょっとした違和感をおぼえます。「何だか足の裏がむずむずする」と、彼は言います。ここにはいったい、どのような気持ちが隠れているのでしょうか。

学校教育というものは、ついこのような主人公の身体的反応に、その人物の「本音」を探しがちです。たとえば、この足の裏の「むずむず」にしても、現代国語のテストにするとしたら、次のような形式になってしまうでしょう。

問　「何だか足の裏がむずむずする」とあるが、このときの「おれ」の気持ちを漢字二文字で書きなさい。

いろいろな解答が思い浮かぶでしょう。ちなみに、現役教師としての実感からしますと、私はこれに「誠意」という二文字で答えたいと思います。なぜか。

「先生」というのは、いつまでたっても分不相応な呼び名であり、本来的に「照れ臭い」呼びかけです。そのことを自覚している教師はとても多いと思われます。ともすれば、ほとんどの教師が心のどこかでそのことを思い、当の「坊っちゃん」にしても、きっとそうなのでしょう。ところが、「自分なんかが先生になるなんて……」といった謙遜は、「それだけ先生というものの偉さをわきまえている誠実なおれ」という自尊心に簡単に転化されます。そして、こうした心の動きのそもそもの原因は、「先生先生」と声をかける生徒側の気持ちをおもんぱかろうとする、教師側の「誠意」にあると言えるでしょう。

ですが、そうした謙遜と自尊心がないまぜになった教師の誠意は、厳しく言えば、プロに徹しきれていない人間のプライドの裏返しであったりもするわけで、これが往々にして教育現場における「先生としての失敗」に結び付きます。私たちは、この「坊っちゃん」の「むずむず」を現実のものとしてみずからの足の裏に感じ続けながら、同時に、その「むずむず」を周囲に向かって正当化してはいけないのです。

【図１】

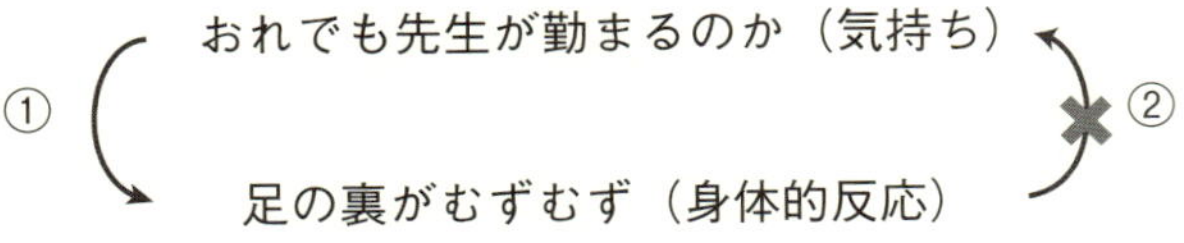

確かに、身体的反応の描写に傍線を引き、それに対応する「気持ち」を考えさせる、というのは現代国語のテストの定番です。そこに想定されているのは、身体と精神の統合体としての「個人」であり、前提となるのは、個人の身体と精神はなんらかの関係をもっている、ということでした。もちろん、意思に反して動く身体とか、じっとしているのに活発な動きを見せる精神とか、そうした両者の行き違いが描かれている場合も多く、それを見抜く設問もあるにはあるのですが、そうであっても、身体と精神の関係を言語化するという点では、本質的にそれらは同じ問いかけであると言えるでしょう。

　このような教科書的な読解を助長するように、学校で読まれる小説のなかの「先生」たちは、いずれもその身体（これは児童や生徒にじっくりと「観察」されています）と、その精神（これもまた児童や生徒の意識を介して「憶測」されたり、あるいは教師自身が「独白」したりしています）を、互いに関係付けられて表現されています。ですが、現実世界の先生である私たちは、自分の身体的反応を、ただちになんらかの「気持ち」に還元することは控えなくてはなりません。

　ふたたび『坊っちゃん』からの引用を例にとるならば、「おれでも先生が勤まるのか」という気持ちと「足の裏がむずむず」という身体的反応を、現実世界では、単純な因果関係に落としこむ必要はないのです。

前ページの【図1】のように図式化して考えてみるならば、①の流れはあくまでも生理的な反応なので仕方がないとして、それを②のように体と心の因果関係として完結させてしまうと、私たち先生の身体と気持ちは、もはや目の前の生徒には開かれずに、そのまま閉じてしまうのです。ですから、授業というライブ空間においては、この「教師の自意識の言語化」と呼ぶべき現象を、いかに巧みにコントロールするかが肝要となるのです。

◉日本の小説にみる「先生の見本」

というわけで、第1章のまとめです。

Y先生の質問に対しては、ぜひその「違和感」を乗り越えてみてほしい、というのが私の答えになります。互いを「先生」と呼ぶか呼ばないかが、本当の問題なのではありません[6]。自分がすでに「先生」以外の何ものでもないと自覚していれば、どのように呼びあったとしても違和感はおぼえないはずです。「先生」という呼びかけに対する足の裏の「むずむず」を、教師同士で確認しあう必要などないと、そのように考えてみてはいかがでしょうか。

さて、近代から現代に至るまで、日本文学の中核をなしてきた「小説」というジャンルは、現実世界で先生と呼ばれる私たちにとっても、とても良い教材であり、かつまた、そうした私たちの行動様式を縛りもする「先生幻想」とでも呼ぶべきものを醸成してきた張本人であります。

教壇に立つプレッシャー、学級崩壊の兆し、いじめの現場、そしてもちろん、教師としての喜び。文学作品に綿々と描かれてきた「先生」たちは、他のいかなるキャラクターにも増してリアルに、切実に、みずからに任じられた役割に向きあわされてきました。

どうせ教えずには済まされぬ身である。どうせ自分のベストを尽すより外に仕方がないのである。人が何と言おうが、どう思おうが、そんなことに頓着《とんじゃく》していられる場合ではない。こう思ったかれの心は軽くなった。(7)

そんな新人教師の心情を描出するのは、田山花袋。この作品『田舎教師』の発表が一九〇九年であるとは、にわかには信じられません。今日もまた、心新たに教壇に立つ先生たちの胸には、こうした思いが去来していることでしょう。(8)

夏目漱石、中勘助、太宰治……といった巨星たちから、重松清、石田衣良、湊かなえ……といった昨今の人気作家たちまで。理想的な「お手本」とまでは呼べないけれど、百年たっても変わらない教師のリアルを伝えてくれる「先生の見本」が、『坊っちゃん』以後の日本の小説にはねむっているのです。

第2章　あだ名はどこまで許されますか？

【S先生の質問】

子ども同士であだ名を付けあうのは自然なことですし、相手の人格を否定するようなものでない限りは、教師がいちいち眉をひそめることもないと思います。ですが、たとえば同僚の教師が子どもたちといっしょになってあだ名を使っているのを見ていると、強い嫌悪感をおぼえてしまいます。あだ名のようなものに対して、教師は一線を引くべきだと思うのですが、これは間違いでしょうか？

◉『尋常小学読本』の猿之助

まずは「あだ名」という言葉の定義を、『広辞苑』よりも専門的な『日本国語大辞典』（第二版）のなかに探してみましょう。

あだ‐な【渾名・綽名】
（1）本名とは別に他人を親しんで、また、あざける気持から、その容姿、性質、くせ、挙動などの特徴によって付けた名。
（2）（―する）渾名で呼ぶこと。また、呼ばれること。

この定義にもあるとおり、あだ名の扱いが難しいのは、「親しみ」と「あざけり」という、近しいものに対する似て非なる感情が、シンプルな呼び名に両方とも含意されている点にあると言えます。

「アダはアダシビト（他人）のアダ」であるとか、「毀《そし》る意で、アダナ（仇名）」であるとか、あるいは「アザナの転で、人の別名」などといったさまざまな語源もまた、この定義に続けて記されていますが、この『日本国語大辞典』が見つけ出してきた以下のような用例は、特に注目に値します。

尋常小学読本〔1887〕〈文部省〉七「其顔、猿に似たるを以て、父も母も、猿々と呼びしかば、他人も猿と呼び、終に、あだなを猿之助と云ひ」

一八八七年とは、明治二十年のことで、その前年から小学校の教科書は検定制になっていました。この『尋常小学読本』の発行をはじめとして、当時の文部省は、日本における国語教育の基礎を固めていきます。そうした初期の教科書に掲載されたこの用例は、あだ名のもつ「親しみ」と「あざけり」をはっきりと示しています。

【図2】

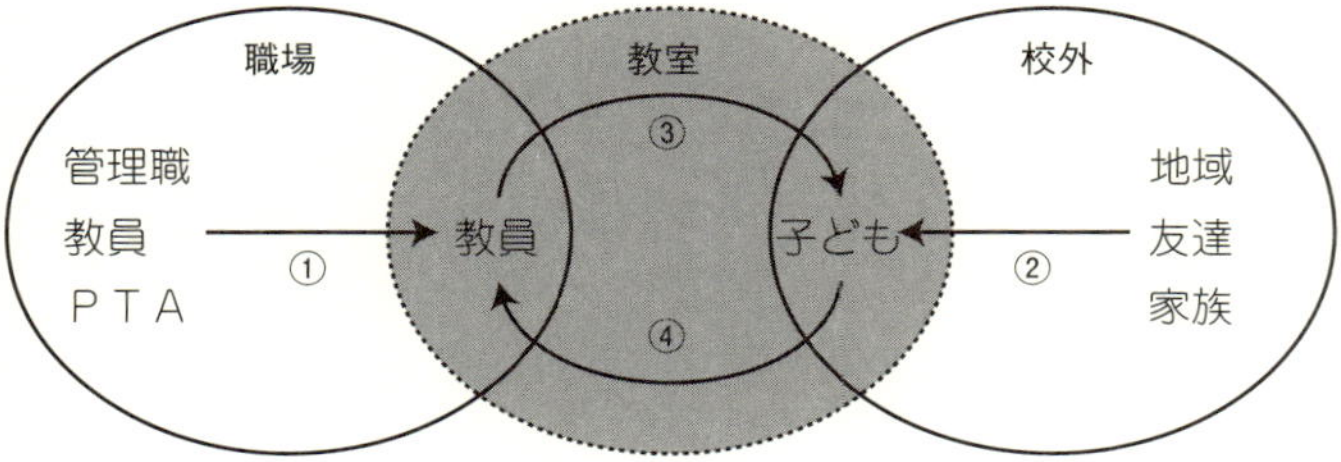

◉教員間のあだ名――「坊っちゃん」の手紙から

さて、「猿之助」の場合は、まず本人の容姿の説明があり、それを両親が「猿」と呼び、そのうちに身内以外も彼を「猿」と呼んだ結果、「猿之助」となったという、身内から外部へといった経路をたどって「あだ名」が伝わっていきます。もちろん、学校教育における「あだ名」のあり方は、これほど単純ではありません。

あだ名の発生経路を、「教員」（教諭、教師、講師……）と「子ども」（児童、生徒、学生……）の関係にしぼって、できるだけ簡単に図式化してみましょう（【図2】）。

S先生の質問にあった、教員が子どもをあだ名で呼ぶというのは、上の図では③の矢印にあたります。こうした子どものあだ名は、②のように、主に地域や友達や家族などに付けられることが多いでしょう。そして、その子どもたちもまた、教員のことを④のように、あだ名で呼ぶことがあります。

ですが、もう一つ忘れてはならないのが、①にある、職場内での教員のあだ名です。教員が同僚に対してあだ名を付けるエピソードとして有名なのは、やはり『坊っちゃん』の例です。明治三九年に書かれたこの小説で、旧制中学の教師となった「坊っちゃん」は、着任してから故郷の清《きよ》にこんな手紙を送ります。

「きのう着いた。つまらん所だ。十五畳の座敷に寝ている。宿屋へ茶代を五円やった。かみさんが頭を板の間へすりつけた。夕べは寝られなかった。清が笹飴を笹ごと食う夢を見た。来年の夏は帰る。今日学校へ行ってみんなにあだなをつけてやった。校長は狸、教頭は赤シャツ、英語の教師はうらなり、数学は山嵐、画学はのだいこ。今に色々な事をかいてやる。さようなら」(1)

虚勢を張った新任教師の、同僚に対する「あざけり」の態度は、このように、あだ名というかたちをとることによって、(生徒ではなく)読者の側に、彼の同僚に対する「親しみ」の感情を生みます。もちろん、手紙をもらった清は「坊っちゃん」を心配して「ほかの人に無暗に渾名なんか、つけるのは人に恨まれるもとになるから、やたらに使っちゃいけない」と諭しますが、漱石はさらに清の手紙を書き足して、「もしつけたら、清だけに手紙で知らせろ」と言った具合に「坊っちゃん」を煽り、そうやって読者を笑わせます。

『坊っちゃん』は、実際のところ、あだ名の小説です。(2)「坊っちゃん」自身も「天麩羅先生」と呼ばれ、「赤シャツ」が「うらなり」から奪ってしまう女性は「マドンナ」です。ですが、こうした「あだ名」

に「親しみ」をもち続けるのは、登場人物たちというよりも、読者の方です。そもそも、「坊っちゃん」という清による「親しみ」の呼びかけですら、赴任先の中学で画学を教えている「野《の》だいこ」によって、「勇み肌の坊っちゃん」という「あざけり」にすり替えられています。

かくして、「あだ名」のコミュニケーションによって読者に親しまれた四国の小さな町は、物語の最後には「不浄な地」と呼ばれてそれっきりです。私たちはつい、「あだ名」がもたらす読書体験の大らかさに良い印象をもってしまいがちですが、当事者意識をもって読み直してみるとき、「あだ名」の役割は、第三者が思うほど気楽でシンプルなものではないことが分かるはずです。

◉『二十四の瞳』の点呼

他の例も見てみましょう。昭和三年の瀬戸内から物語が始まる壺井栄の『二十四の瞳』（雑誌掲載は昭和二七年）には、こんなシーンがありました。

三四年の組がさっさと教室へはいっていったあと、大石先生はしばらく両手をたたきながら、それにあわせて足ぶみをさせ、うしろむきのまま教室へみちびいた。はじめてじぶんにかえったようなゆとりが心にわいてきた。席におさまると、出席簿をもったまま教壇をおり、「さ、みんな、じぶんの名前をよばれたら、大きな声で返事するんですよ。——岡田磯吉《おかだいそきち》くん！」

背の順にならんだので一番前の席にいたちびの岡田磯吉は、まっさきにじぶんが呼ばれたのも
気おくれのしたもとであったが、生まれてはじめてクンといわれたことでもびっくりして、返事
がのどにつかえてしまった。
「岡田磯吉くん、いないんですか。」
見まわすと、いちばんうしろの席の、ずぬけて大きな男の子が、びっくりするほど大声で、答
えた。
「いる。」
「じゃあ、ハイって返事するのよ。岡田磯吉くん。」
返事した子の顔を見ながら、その子の席へ近づいてゆくと、二年生がどっと笑いだした。本も
のの岡田磯吉は困って突っ立っている。
「ソンキよ、返事せえ。」
きょうだいらしく、よくにた顔をした二年生の女の子が、磯吉にむかって、小声でけしかけて
いる。(3)

「新米」ではあるけれど「わたしらより、ずっとずっとえらい先生」と前任者から紹介される大石先
生は、はりきって最初の点呼を行いますが、緊張する子どももいれば、どうにかして新任教師をやり

こめたいと企む子どももおり、最初の一人から点呼はうまくいきません。しかし、引用の最後では、児童の「岡田磯吉」が、家族に「ソンキ」というあだ名で呼ばれていることが示唆され、大石先生はそこに一筋の光明を見出します。

「みんなソンキっていうの？」
先生にきかれて、みんなは一ようにうなずいた。
「そう、そんなら磯吉のソンキさん。」
また、どっと笑うなかで、先生も一しょに笑いだしながら鉛筆を動かし、その呼び名をも出席簿に小さくつけこんだ。(4)

何気のない描写ですが、「先生も一しょに笑いだしながら」というところには注目しておきましょう。大いなる親しみとわずかなあざけりがない交ぜとなった「ソンキ」というあだ名に対するクラスの「笑い」に同調することで、大石先生はかろうじて彼らとの意思疎通を開始しているのです。(5)

ここでは、【図2】の矢印②（校外で生まれた「あだ名」）と矢印③（教員がその「あだ名」を使用する）が同時に行われています。「ソンキ」という校外でのあだ名を知った大石先生は、「磯吉のソンキさん」という呼び名を用いることで、子どもたちとの最初のコミュニケーションに成功するのです。

◉村人たちの陰口

大石先生はさらに、「あんたのこと、みんなはどういうの？」であるとか、「ミサちゃんていうんでしょ」であるとかいった具合に、あだ名をとっかかりにして、子どもたちに対する教員側からの「親しみ」の表明を行なっていきます。ふたたび引用の続きを見てみましょう。

「つぎは、竹下竹一《たけしたたけいち》くん。」

「ハイ。」りこうそうな男の子である。

「そうそう、はっきりと、よくお返事できたわ。――そのつぎは、徳田吉次《とくだきちじ》くん。」

徳田吉次がいきをすいこんで、ちょっとまをおいたところを、さっき、岡田磯吉のとき「いる。」といった子が、少しいい気になった顔つきで、すかさず、

「キッチン。」

と、叫んだ。みんながまた笑いだしたことで相沢仁太《あいざわにた》というその子はますますいい気になり、つぎに呼んだ森岡正《もりおかただし》のときも、「タンコ。」とどなった。そして、じぶんの番になると、いっそう大声で、

「ハーイ。」

先生は笑顔のなかで、少したしなめるように、

「相沢仁太くんは、少しおせっかいね。声も大きすぎるわ。こんどは、よばれた人が、ちゃんと返事してね。――川本松江《かわもとまつえ》さん。」

「ハイ。」

「あんたのこと、みんなはどういうの？」

「マッちゃん。」

「そう、あんたのお父さん、大工さん？」

松江はこっくりをした。

「西口《にしぐち》ミサ子《こ》さん。」

「ハイ。」

「ミサちゃんていうんでしょ。」

彼女もまた、かぶりをふり、小さな声で、

「ミイさん、いうん。」

「あら、ミイさんいうの。かわいらしいのね。――つぎは、香川《かがわ》マスノさん。」

「ヘイ。(6)」

大石先生の点呼は、一見順調です。彼女自身も、初回の授業には大きな手応えを感じて学校をあとにします。

ですが、問題はそう簡単には解決しませんでした。こうした大石先生のコミュニケーションを、校外の村人たちは、なかなか認めようとせず、最初の一日を乗り切った大石先生を無視するばかりか、「みんなのあだ名まで帳面につけこんだそうな」と陰口を叩く始末です。

今日はじめて教壇に立った大石先生の心に、今日はじめて集団生活につながった十二人の一年生の瞳は、それぞれの個性にかがやいてことさら印象ぶかくうつったのである。

この瞳を、どうしてにごしてよいものか！

その日、ペダルをふんで八キロの道を一本松の村へと帰ってゆく大石先生のはつらつとした姿は、朝よりもいっそうおてんばらしく、村人の目にうつった。

「さよなら。」

「さよなら。」

「さよなら。」

出あう人みんなにあいさつをしながら走ったが、返事をかえす人はすくなかった。時たまあっても、だまってうなずくだけである。そのはずで、村ではもう大石先生批判の声があがっていた

のだ。

――みんなのあだ名まで帳面につけこんだそうな。

――西口屋のミイさんのことを、かわいらしいというたそうな。

――もう、はやのこめから、ひいきしよる。西口屋じゃ、なんぞ持っていってお上手したんかもしれん。

なんにも知らぬ大石先生は、小柄なからだをかろやかにのせて、村はずれの坂道にさしかかると、少し前こごみになって足に力をくわえ、このはりきった思いを一刻も早く母に語ろうと、ペダルをふみつづけた。(7)


この小説冒頭のシーンは戦前の日本であるにもかかわらず、描かれた「先生」というポジションの危うさは、現代においても充分に共感しうるものです。先生は、教室内でこそ子どもたちとの意思疎通を行いますが、そこで話されたことは（話されなかったことも！）、尾ひれはひれを付けられて各家庭の話題となります。本書二四ページの【図2】からも分かるように、教室を中心にすると、そのもっとも外側に位置する子どもたちの「家族」や、それを含む「地域」は、一教員の目には確かに見えながらもその実体には触れることの叶わない、困った存在なのです。

さらには、同じく【図2】の左側の円の「職場」を見ても分かるとおり、子どもたちの保護者は、たとえばＰＴＡという組織の一員としても教員とかかわります。が、仕事の一環として主に職場で接する保護者たちと、子どもたちの生活の向こう側にいる家族や地域住民たちは、たとえ同じような顔ぶれだとしても、そのかかわり方が異なります。

ちなみに、日本におけるＰＴＡの始まりは、戦後ＧＨＱの指導による文部省からの設置奨励にあると言われていますが、日本ＰＴＡ全国協議会の公式な説明によると、「極めて短い期間内に、全国津々浦々の学校にＰＴＡが組織されることになったが、それが可能だったのは、ほとんどの学校に戦前から運営されてきた親の会があったからであり、それらがＰＴＡの直接の母体になったから」とのことです。(8) つまり、『二十四の瞳』の時代にも、同様の感覚がすでに日本にはあったということになります。

というわけで、子どものあだ名一つとっても、それは地域住民の一人としての彼らの横顔であって、地域住民にとっては部外者でもある「先生」がそれを口にすることは、うまくいけばリーダーシップへの一歩となりますが、失敗すると職務遂行に大きな支障がでることになるのです。事実、大石先生のケースは、教室内では成功しましたが、村人とのかかわりにおいては前途多難なものとなっています。

こうしたことを確認するにつけ、冒頭の質問に戻りますと、「教師が子どもたちといっしょになってあだ名を使っているのを見ていると、強い嫌悪感をおぼえる」といったＳ先生の気持ちは、「教室」という特殊空間の外側にいるときに、多くの大人たちが感じるものだと言えるでしょう。

◉調停者も代理人もいない「教室」

S先生の質問には、「同僚の教師が〜」という直接的な質問の他に、次の三つのポイントに関係した相談事が隠れています。

（A）あだ名には、相手の人格を否定しうる場合があるのではないか。
（B）子どもが教員をあだ名で呼ぶことも許していいのか。
（C）教員と子どもがグルになることで、あだ名がいじめにつながらないか。

このような問題がS先生の質問の背景には潜んでいるわけですが、これらはいずれも、根っこの部分で複雑に絡みあっています。分かりにくいですが、できるだけ正確に関係を説明してみましょう。

まず、（B）において教員はあだ名の対象者であり、それは（A）のようなことの被害者に、教員もなりうるということを示しています。また、（C）において、教員はあだ名を発信する側の首謀者、あるいは加担者となっています。この場合、教員と、あだ名を発信する側の子どもたちは、自分たちが（A）のようなあだ名の暴力に晒されないよう、積極的・消極的を問わず、クラスで孤立した子どもに対し、あだ名を発信しがちです。そして、このようなあだ名の使われ方に対し、こと教室という空間では、その暴走を食い止めてくれるような第三者はいなくなってしまうのです。教室のように、教員と子どものみで構成された、調停者も代理人もいない空間では、個々の間違いを個人的に把握したとしても、全体として身動きがとれないのは、当然と言えば当然なのです。

もちろん、教員も子どもも、人間という社会的な生き物である以上、それぞれのなかに、ある程度の客観性をもっています。ですから、この問題を解決するもっとも現実的な手段は、先生という特別な立場にある私たちが、いかにしてその特権を、「あだ名」という現象の暴走に対しても発揮していくかが鍵となります。

ここでもやはり、小説の読解が役に立ちます。

小説は、物語を介した思考実験ですから、S先生の悩みの構造を、当事者意識をもたない人たちにも分かりやすく示してくれるのです。たとえば、『二十四の瞳』の発表からおよそ半世紀後に書かれた、二〇〇八年のベストセラー小説『告白』(9)をひもといてみましょう。この小説の魅力は、現代のマスコミを通じて流布したさまざまな教師像を巧みに組み合わせることで、従来の学校小説の上質なパロディを生み出した点にあります。

とはいうものの、読解の前に注意しておくべきことは、この『告白』という小説の目的が、あくまでも殺人事件を中心においたエンターテインメントにあるという点です。倫理的な正しさを説くことよりも、読み手の感情にダイレクトに訴えることが娯楽小説の本分ですから、ここで不用意な内容紹介をしてしまうと、せっかくの議論がおかしな方向に行きかねないので、本書では必要最低限のあらすじを提示するにとどめ、ご興味をもった方は、今回の議論とは異なるシチュエーションで、湊かなえ一流のサスペンスをご堪能いただければと思います。(10)

◉ ウェルテルとミヅホ——湊かなえ『告白』の場合

さて、『告白』の主要なキャラクターは次のような顔ぶれです。それぞれ、カギ括弧で示したものが彼らのあだ名、もしくは異名です。

・新しい担任・良輝《よしき》　＝「ウェルテル」（自称。生徒にも積極的に呼ばせる）
・不登校生徒・直樹　＝「少年Ｂ」（前任教師によって名付けられる）
・直樹の幼馴染・美月《みづき》＝「ミヅホ」（小学生のときのあだ名。「美月アホ」から）

この三者は、「あだ名」（異名）を媒介にして、健全とは言い難い関係を築いていきます。まず、新しい担任である「ウェルテル」の登場シーンを見てみましょう。『告白』は章によって語り手が変わりますが、この場面の語り手は美月（ミヅホ）です。

天気もよく、窓も全開でしたが、教室内には澱んだ空気が立ちこめていました。そんな空気のなか、始業のチャイムが鳴り、新しい担任が入って来ました。新しい担任の若い男の先生は、勢いよく黒板に名前を書きました。

——僕は学生時代から『ウェルテル』と呼ばれてるから、みんなもそう呼んでくれ。

そんなことをいきなり言われても困るだけですが、ここでは、ウェルテルと呼ぶことにします。

——だからといって悩んでるわけじゃないぞー。

そう言われても、笑う子なんて誰一人いません。

——おいおい、本くらい読んでくれよ。

ウェルテルは大袈裟に嘆くようなポーズをとって、そう言いました。名前が良輝《よしき》だからウェルテルなのだろうし、『若きウェルテルの悩み』にかけてそう言ってるのもわかります。おいおい、そっちこそ空気くらい読んでくれよ、そんな気分でした。(11)

言葉遊びとして、「良」=「ウェル」と「輝」=「テル」といったひねりのある変換を行うといった具合に、これは確かによくできたあだ名です。良輝先生が気に入っているのも分からなくはありません。

ですが、語り手の美月は、どうやら「あだ名」というもの自体に良い印象をもってはいないようで、執拗に自分を「ウェルテル」と呼べと迫ってくる教師に苛立ちます。そんな美月に対して、やはり「ウェルテル」も焦りを隠せず、ついに彼は、美月本人に「あだ名」を付けようとクラスを煽ります。

――美月には、何かニックネームはないのか？

どうやら、ウェルテルは、私が彼のことをウェルテルと呼んでいないことが不満だったようです。だからといって、私以外の全員がウェルテルと呼んでいるわけではありません。私はみんなから普通に「美月」と下の名前で呼ばれていたので、特にない、と答えました。そのとき、綾香が「ミヅホ！」と大きな声で言いました。確かに、私は小学校低学年の頃、ほぼ全員の同級生からそう呼ばれていました。

――かわいい呼び方じゃないか！　よし、今日から僕は、美月のことをミヅホと呼ぶぞ。他のみんなもそう呼ばないか？　せっかく、縁あって出会ったクラスメイトなんだ。こうやって、みんながそれぞれ持っている心の壁を取り除いて行こう！

ウェルテルの熱い呼びかけにより、私はその日から再び、ミヅホと呼ばれるようになりました。(12)

この引用を読んで、不快な思いをされた方も多いことでしょう。その不快感は、これがいわゆる「熱血教師」の悪意あるパロディであるということに由来します。ですが、「ウェルテル」先生の軽さは、相手が美月でなければ、「フレンドリー」な態度と受け止めることもでき、そうしてみると、彼のふるまいは要するに、本書第1章で確認した、自分のことを「先生」と呼ばせたくないという気持ちの裏返しでありましす。つまり、子どもと友好関係を築きたいと願っている先生のふるまいに、しばしば「熱血」と「軽さ」が付随してしまうのは、彼らの職務遂行にとって、「先生」という呼び名そのものが足かせになっているからなのでしょう。

◉あだ名と結託

担任からすれば、「ミヅホ」というあだ名には「親しみ」が込められたはずなのですが、じつのところ、「小学校低学年の頃、ほぼ全員の同級生からそう呼ばれて」いたというこの「ミヅホ」というあだ名は、美月にとっては「あざけり」以外の何ものでもありませんでした。

私のことを、クラスのみんながミヅホと呼ぶのに、直くんだけが美月ちゃんと呼んでくれました。九九も言えないバカ女が腹いせに、クラスで一番勉強ができた私につけたあだ名が、ミヅホでした。

美月アホ、の、ミヅホでした。

幼なじみだから「美月ちゃん」と呼び慣れていただけかもしれません。でも、好きになるには

【図3】

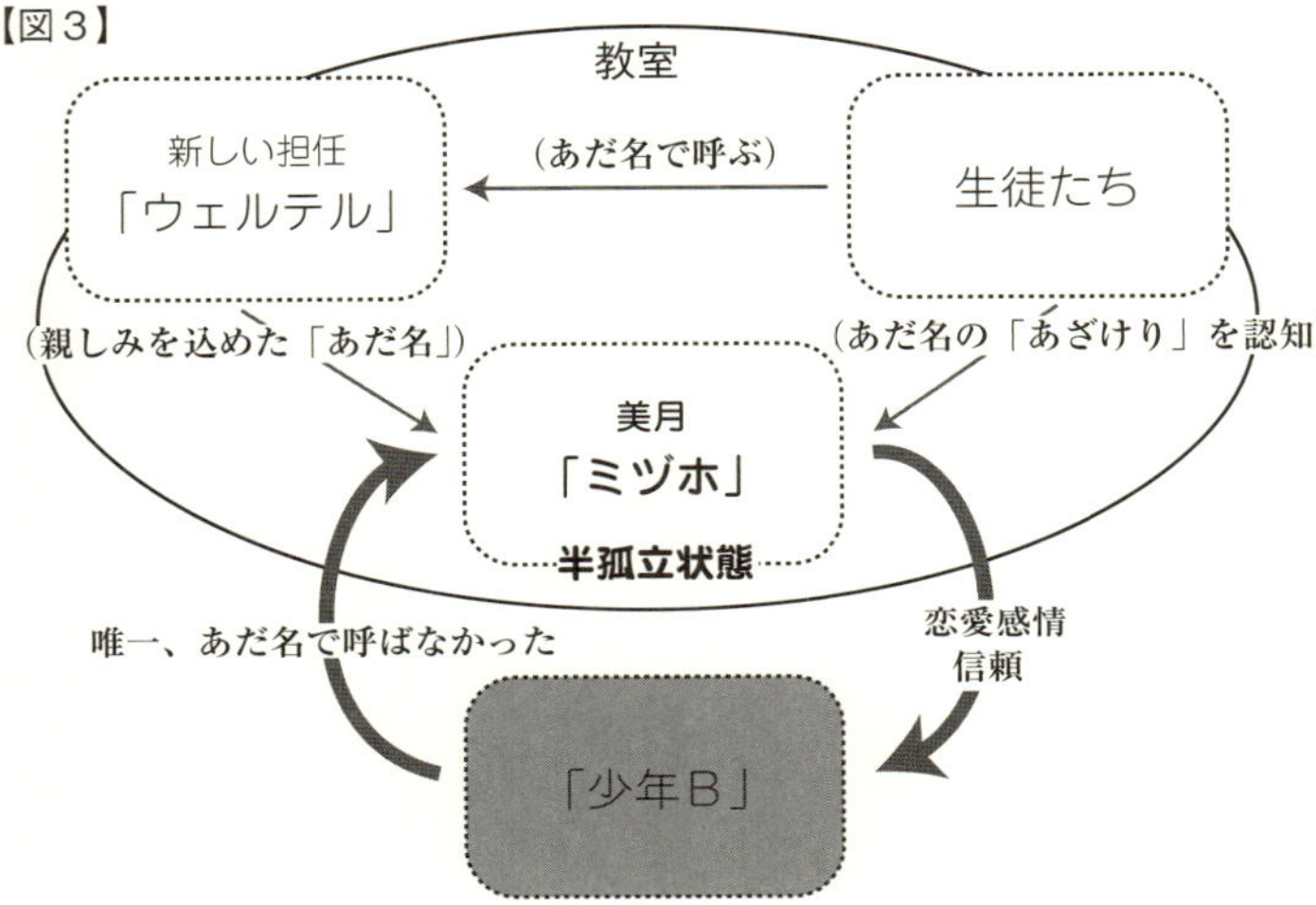

それで充分でした。世の中で、直くんだけが、私の味方だと思っていました。[13]

かくして、小学校低学年以来、数年ぶりに「ミヅホ」と呼ばれた美月の屈辱は、彼女をクラスにおいて半孤立状態に追いやります。同時に、この引用で彼女が「直くん」と呼んでいる少年、すなわち、現段階で「少年B」とされて不登校になっている「直樹」に対する彼女の親近感は、孤立したもの同士の連帯として強まっていきます（ちなみに、物語の大きな流れとしては、美月の連帯意識は、もう一人の孤立した生徒でありながら通学を続けている「少年A」に向けられていきます）。

『告白』のなかの「あだ名」の働きを図にしておきましょう（【図3】）。

ここから分かるのは、新しい担任と、新しくない生徒たち（彼らの多くは、幼い頃から互いのことを知っています）

の「あだ名」を介した仮初めの結託が、もともと孤立状態にあった「少年B」のみならず、美月という生徒を半孤立状態に追いやってしまった、ということです。

そして、この悲劇も元をたどれば、新しい担任が自身の「あだ名」を掛け金にして、生徒との結託を倍増させるといったゲームを仕掛けたことが発端であり、さらにそうした行為の動機の一つには、みずからを「先生」と呼ばせたくないという、教師特有の自意識があったのです。

◉あだ名の副作用

まとめましょう。S先生があだ名というものに対して「強い嫌悪感」を抱いてしまうのは、あだ名というものの性質上、当然のことだと思います。あだ名は、コミュニケーションを円滑にするものとしてたいへん利用価値の高いものですが、その分、副作用も強いと考えるべきです。

そもそも「円滑なコミュニケーション」というものに対しても、先生である私たちは常に疑いのまなざしを向けるべきです。先生としての失敗は、子どもたちとの意思疎通が成功した、と思えたときこそすでに生じてしまっているのかもしれません。

『二十四の瞳』の大石先生を思い出してください。

――この瞳を、どうしてにごしてよいものか！――

その日、ペダルをふんで八キロの道を一本松の村へと帰ってゆく大石先生のはつらつとした姿は、朝よりもいっそうおてんばらしく、村人の目にうつった。[14]

教室を中心としながら、職場という社会と、校外という社会に挟まれた教員という存在は、児童や生徒との二者間のコミュニケーションに成功したと思っても、たえず外部にある第三の視線にさらされています。そのこと自体は、実際の教育現場において、意識し過ぎてしまうと先生みずからの首をしめる結果になりかねません。

ですが、教室でのやりとりにおいて、子どもとのあいだに「あだ名」というものを不用意に介入させてしまうことは、「あだ名」が教室外の産物である以上、先生が望んでいないはずの教室外の視線を授業空間にもち込むことにつながります。そのことを理解してなお、「あだ名」といかにして向きあっていくのか。嫌悪感の原因を知りつつ、その先にある「あだ名」との付きあい方を模索することが、教員には求められているのです。

【コラム】そのとき生徒は①「先生のあだ名」

◎天麩羅先生ぞな、もし

『ブリタニカ国際大百科事典』（小項目版）の「あだ名」の項には、「古くからあったが、明治以後では学校の先生に生徒が付けることがよくあり、夏目漱石の『坊つちやん』に有名」との記述があります。ですが、赴任したての「坊っちゃん」に対して生徒たちが付けた「天麩羅先生」や「赤手拭」といった呼び名は、実質的には親しみの要素のまったくない「中傷」であり（その証拠に、一つの呼び名が定着せず、目撃談から次々に新しいものが黒板に書かれます）、それはすなわち、東京からやってきた余所者に対する彼らなりの挑発に過ぎませんでした。

> 翌日何の気もなく教場へ這入ると、黒板一杯位な大きな字で、天麩羅先生とかいてある。おれの顔を見てみんなわあと笑った。おれは馬鹿々々しいから、天麩羅を食っちゃ可笑《おか》しいかと聞いた。すると生徒の一人が、然し四杯は過ぎるぞな、もし、と云った。四杯食おうが五杯食おうがおれ

の銭でおれが食うのに文句があるもんかと、さっさと講義を済まして控所へ帰って来た。十分立って次の教場へ出ると一つ天麩羅四杯也。但し笑う可《べか》らず。と黒板にかいてある。さっきは別に腹も立たなかったが今度は癪に障った。冗談も度を過ごせばいたずらだ。焼餅の黒焦の様なもので誰も賞《ほ》め手はない。田舎者はこの呼吸が分からないからどこまで押して行っても構わないと云う了見だろう。一時間あるくと見物する町もない様な狭い都に住んで、外に何にも芸がないから、天麩羅事件を日露戦争の様に触れちらかすんだろう。憐れな奴等だ。小供の時から、こんなに教育されるから、いやにひねっこびた、植木鉢の楓みた様な小人《しょうじん》が出来るんだ。無邪気なら一所に笑ってもいいが、こりゃなんだ。小供の癖に乙に毒気を持ってる。おれはだまって、天麩羅を消して、こんないたずらが面白いか、卑怯な冗談だ。君等は卑怯と云う意味を知ってるか、と云ったら、自分がした事を笑われて怒るのが卑怯じゃろうがな、もしと答えた奴がある。やな奴だ。わざわざ東京から、こんな奴を教えに来たのかと思ったら情なくなった。(1)

「坊っちゃん」のなかの生徒たちは、あくまでも先生から見た生徒なので、行動がずいぶんとシンプルです。作品の終盤では、学校間の喧嘩の仲裁を買って出て、自分たちだけ巡査に捕まってしまった「坊っちゃん」を、教室の生徒たちは拍手と喝采で迎えます。「景気がいいんだか、馬鹿にされてるんだか分からない」とは「坊っちゃん」の独白ですが、生徒たちの目に彼がどのように映っていたかは、先生側からの一人称小説では分かりにくいものです。

◎奥泉光『夏目漱石、読んじゃえば?』

漱石作品のパロディ小説も発表している作家の奥泉光は、『坊っちゃん』のなかの生徒たちを、あくまでも素朴な若者たちと考えて、どちらかといえば先生である坊っちゃんの方が神経質になり過ぎたのではないか、と解説しています。

幼い頃から人とコミュニケーションを取るのが下手だった坊っちゃんは、やがて旧制中学の数学教師になるんだけど、そこでも生徒にちょっとからかわれただけですぐ怒ってしまう。天ぷらそばを四杯食べてたとか、団子屋にいたとか、そういうところを見られて冷やかされただけで、もうへそを曲げちゃう。ちょっと神経質すぎるよ。(2)

もちろん、奥泉のこの本は『夏目漱石、読んじゃえば?』というタイトルからも察しのつくとおり、読書のあまり得意でない若者に向けて書かれたものなので、こうした解釈は、多分に「生徒」よりであることは否めません。

ですが、私が少々ひっかかるのは、そうしたことを勘案してなお、この解釈は本当に子どもの側に立ったものだろうか、ということです。つまり、生徒が新任の教師に向かって「挑発」を行なったとき、これを単純に、「ちょっとからかっただけ」とすませてしまうことは、むしろ大人的な発想なのではないかと思えてならないのです。

◎あだ名という「いい換え」——群ようこ『都立桃耳高校』の場合

親しみ、あざけり、そして「からかい」。このようにコンパクトないい換えを探してみても、あだ名を生み出す動機や、それが流通するプロセスを説明しきることはできません。たとえば、次に引用する群ようこの『都立桃耳高校』のワンシーンには、これらの感情がすべて含まれていながら、当の生徒たちは、そのいずれの気持ちにもとらわれないでいます。

> 担任は英語担当のヤクモという中年の男の先生だった。話をするときにずっと両手をこすり合わせ続ける癖があったので、渾名は「ハエ」だった。これは代々、先輩から引き継がれてきた年代物の渾名であった。英語担当はもう一人、三十代の既婚で子持ちの女性の先生がいたが、彼女の渾名は「いも」だった。色白でぽっちゃりした顔立ちの、秋田美人風であった。しかし授業は全く気が抜けなかった。一年生のときもそうだったが、英語の先生はどうしてあんなに「いい換え」が好きなのだろう。突然、

「受動態を能動態にいい換えたらどうなりますか」

と生徒に当てる。桃耳高校にはこういう突発的な質問に対応できるような生徒は、ほとんど入学して来ないのである。当てられ、わからないのでどぎまぎしていると、

「ふん、こんな簡単なこと、犬や猫でもわかりますねっ」

といい放つ。美人の毒舌である。たまにちゃんとできる生徒がいて、みんなが、

「おーっ」

と感嘆すると、

「この程度のことで驚いてるなんて、頭が悪すぎますねっ」

とまたクールにいい放つのだった。それでも生徒からは好かれていて、学校の近所の商店街でねぎやキャベツを買い、それを愛車のおばちゃん自転車に乗せて帰る先生に向かって、

「さようならあ、いも」

と手を振ったりした。最後の「いも」を聞いたとたん、全速力でUターンしてきた「いも」の自転車に轢かれそうになった男の子もいた。[3]

「ハエ」に関しては、それが「年代物の渾名」とされていることからも分かるように、生徒たちにとってもほとんど惰性というべきものです。読者のために一応その由来を説明してみせるものの、親しみ

もあざけりも、からかいの気分でさえもすでに色褪せています。

その一方で、「いも」の方は、「美人の毒舌」や「クールに言い放つ」といった形容からも、ある種の憧れや畏怖の念を、この語り手本人が心の奥底に抱いていることが分かります。ただし、「生徒からは好かれていて」という客観性を装った言い方の裏には、「自分が彼女を気に入っている」という気持ちや、「自分は他の生徒ほど単純ではない」という気持ちが、本人にもよく判別できないままに隠されている気もします。

いずれしても、この引用の白眉は、「英語の先生はどうしてあんなに『いい換え』が好きなのだろう」という疑問で、その答えは要するに、言葉というのは「いい換え」がすべてであるからに過ぎないのです。言葉は自分の言いたいこと、相手の言ったことを、ひたすらに「いい換え」ていくことで伝達されます。そう、「いも」であれ「八エ」であれ「赤手拭」であれ「天麩羅先生」であれ、目の前に現れた「先生」という見ず知らずの他人を「いい換え」ようと四苦八苦する生徒たちは、中傷や挑発やあざけりや親しみやからかいといったものをないまぜにして、「あだ名」という古くて新しい言葉の開発に勤しみ続けているのです。

第３章　生徒対応が苦手です

【N先生の質問】

授業を始めようとしても、なかなか生徒が私物をしまいません。怒鳴ってはいけない、と思うのですが、先輩の教員からは、必要なときには喝を入れなければダメだとアドバイスされます。しかし、私はそれほど押しの強い性格ではないので、喝を入れたつもりが、単にキレている、といった感じで受け止められがちなので困っています。正直、私物をしまわない生徒が何を考えているか分かりません。どうしたら良いのでしょうか。

◉授業開始時の声がけをどうするか

生徒対応にはさまざまなシチュエーションが考えられますが、N先生の質問は、煎じ詰めれば、「授業開始時の声がけをどうするか」といった問題です。

休み時間が終わり、授業が始まる。教室は、仮初めのプライベート空間の寄せ集めから、一気にパブリックな空間に変わります。ですが、多くの生徒は、なかなかモードを変更することができません。ある生徒はおしゃべりを続け、ある生徒はこっそりとオンラインゲームに熱中しているかもしれません。

というわけで、授業開始の第一声は、だいたいこんな感じになります。

・はい、授業に関係ないものは机の中にしまう！
・おしゃべりやめて、集中！
・始めますよ……（と言ったきり、ザワザワがおさまるまで沈黙）。

いずれにせよ、先生はまず、教室全体に向かってメッセージを発します。たとえば、クラスの人数を三十人としましょう。先生は、この三十人を一かたまりとみなして、声がけをします。が、もちろん、これでクラスがシーンと静まりかえってくれるなら苦労はしません。おしゃべりはひそひそ話にまでトーンダウンするもやむことはなく、オンラインゲーム端末は机とひざのあいだの暗がりに隠されて、あいかわらずチカチカと点滅をしています[1]。

そこで、先生の声がけは次のステップに進みます。メッセージを送る相手を、全体から、グループへと狭めるのです。

・そこ、いいかげんにゲームをしまう。
・後ろの方、うるさい。
・……はぁ（問題あるグループの方を見回しながら、ため息）。

先ほどまでの一対三十が、今度は、一対三～五にまで絞られます。けれども、こうした対グループの声がけには、そこそこの技術が必要となります。お店にたとえるならば、店内放送をすることは簡単であるけれど、特定の商品棚や駐車場でたむろしている若者グループに声をかけるのはタイミングが難しいし、何より勇気が必要です。もちろん、対グループの声がけを積極的に行なっている先生も多いことでしょう。ですが、ここではあえてN先生のように、それができないケースを考えてみましょう。

◉教師が「キレる」タイミング

N先生は、いったいどのタイミングで「怒鳴る＝キレる」のでしょうか（ちなみに、この本ではあえて、先生の性別や年齢といったものには触れません。そうした設定は、物事を具体的にするかのようにみせかけて、大概は社会的な偏見を助長するばかりであり、結果的に、「先生」という存在の可能性を狭めてしまうことになるからです）。N先生の先輩教員のアドバイスにある「喝を入れる」というのは、基本的には三十人を一として叱ることです。そうでなければ、対グループ、それができなければ、特に目立った個人に対する注意といったかたちになります。

口の悪い先生の場合、その声がけは、全体に対しては「お前ら」、個人に対しては「お前」といった具合に始められます。ニュアンスにもよりますが、あまりお勧めできる言い方ではありません。「お前ら静かにしろ！」と怒鳴られれば、誰だって、「あなたの方こそ静かにしてください」と思うでしょうし、そうでなければ、「このひと、またキレてる」と、せっかく発した言葉の矛先をヒラリとかわされてしまうのが関の山です。N先生は、「それほど押しの強い性格ではない」と自己診断されていますから、きっと言葉遣いには気を付けているのでしょう。とはいうものの、「君たち、静かに！」「みなさんは、どうしてすぐにしまわないのですか⁉」と大声を出したところで、やはりそれは先輩教員の言うところの「喝」を入れたことにはなりません。

全体を振り向かせることができず、かつまた、対グループを注意できなかった場合、私たち教師はどうすればいいのか。想像できるのは、次の二パターンです。

一、問題のグループをなだめる（取り入る）。

二、問題のありそうな個人に声をかける。

一は、そこそこ現実的な手段であると、きっとみなさんも納得されるはずです。対グループの声が けが得意な先生は、「よくそんなに話すことがあるねえ」などと、なだめながら注意し、注意しながらもグループに取り入ることができるものです。

しかしながら、きっとN先生はこうしたことが、全般に苦手なのかもしれません。となると、二のように、一足飛びに「個人」への声がけをしてしまう方向にいきがちです。先ほどのお店の例に戻りますと、素行の悪いグループの視線をかわしつつ、反抗しなさそうな個人客を選んで、ちゃんとお店のルールを守ってくれないと困ります、と伝えるようなものです。

これは、ともすると「見せしめ」になってしまいますので、ぜひとも気を付けたいところです。もとを正せば、私たち先生の声がけは、「授業を始めるにあたって、関係のないことをやめてほしい」という、いたってシンプルなお願いに過ぎなかったはずです。ところが、

全体に声をかけた
↓
（一部が）無視をした
↓
素行の悪い「生徒たち」がいるな、と思う
↓
（反抗しなさそうな）「生徒」に声がけをする

こうした順序で、気が付くと、全体への注意は個人攻撃となってしまいがちですので、全体にもグループにも声がけの苦手なN先生には、「個人」に声がけを行うにせよ、どうにかして個人を傷つけない方法を体得していただきたいものです。

◉極限状態の生徒対応――林京子「空罐」の場合

というわけで、ここからが小説の出番です。

使用するテキストは、林京子の短編小説「空罐《あきかん》」(2)ですが、このチョイスには、おや？　と首をかしげられる方も多いかもしれません。何しろ、一九三〇年に長崎市で生まれた林京子は、長崎高等女学校三年のときに被爆しており、彼女の文学作品にはその想像を絶する体験が色濃く影を落としているからです。

確かに、林文学が描くシチュエーションは、私たちの現在の生活とはかけ離れています。けれども、あえてその極限状態を参照することにより、私たちは、「先生の失敗」の変わらなさを学ぶことができるのではと思うのです。

読んでみたいのは、次のようなシーンです。

――

書道の時間だった。復員して帰って来た若い書道の教師が、ある日、机の上の空罐に気がついた。

――

半紙と硯と教科書で、机の上は一杯になっている。
「その罐は何んだ、机の中にしまえ」と教壇から教師が言った。少女はうつむいて、空罐をモンぺのひざに抱いた。そして、泣き出した。教師が理由を聞いた。(3)

いかがでしょうか。「復員して帰って来た」であるとか、「モンペのひざ」であるとかいった時代を感じさせる表現を隠してしまえば、このシチュエーションはN先生が日々直面しているものと大差ありません。

もちろん、先に説明したとおり、実際のこの教室は、想像を絶するほどの極限状態にあります。というのも、長崎市に投下された原爆は、かつてこの教室に通っていた多くの生徒とその親族たちの命を奪っているからです。クラスメイトを失い、校舎を破壊され、それでも繰り返される日常のなかで授業を受ける生徒たち。時を経て、語り手たちは今、そうしたかつての授業の始まりに起きた、一つの空罐をめぐる「事件」を思い出しているのです。

この事件の発端は、題名のとおり「空罐」です。先生は、ふと目にとまったその「空罐」という異物を、生徒の私物であると即座に認識し、次の瞬間にはもう「その罐は何んだ、机の中にしまえ」と、比較的強い口調で声がけ——否、「叱責」を行なっています。

教師側の認識と発話は、ダイレクトに「少女」の耳に届き、彼女の身体に三つの反応を引き起こし

ます。すなわち、

・うつむく
・空罐をひざに抱く
・泣き出す

という三つです。これらは連続して彼女の一つの意思を示しているとも考えられるし、複雑に入り混じった感情をそれぞれに単純化しながら表現した結果であるとも考えられます。つまり、

・うつむく＝反省（あるいは反抗か？）
・空罐をひざに抱く＝怯え（あるいは抵抗か？）
・泣き出す＝屈服（あるいは教師への抗議か？）

こんな等式を、私たちはついもち出してしまうわけです。

ですが、こうした解釈にはいずれも根拠はありません。お気付きのとおり、右の引用では、未だ少女の口から肝心の「理由」が語られていないため、これらの身体的反応の「原因」は、現時点ではテ

【図4】

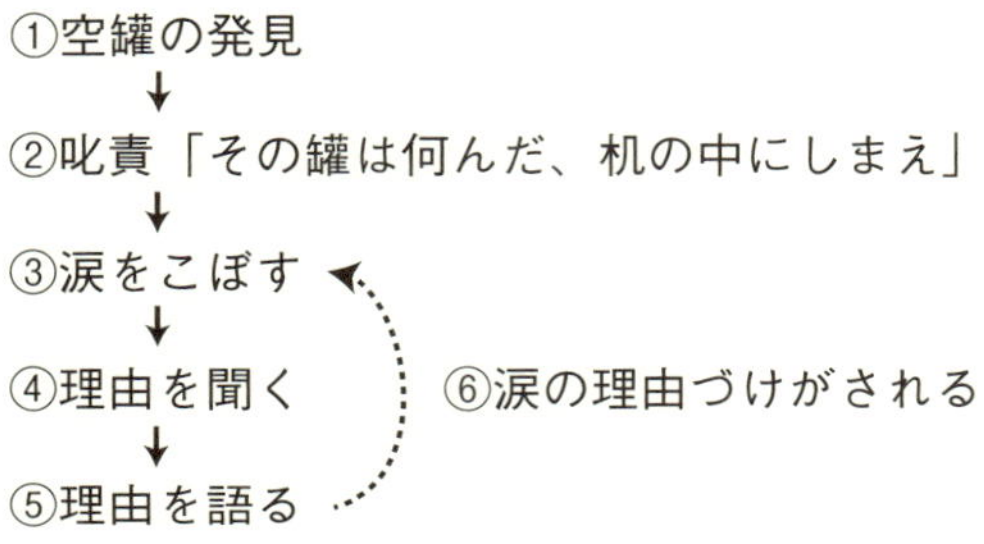

キストのどこにも書かれてはいないからです。

問「少女はうつむいて」とあるが、このときの彼女の気持ちを漢字二文字で書きなさい。

このような問を出題するとき、出題者はすでに、小説の続きを知っています。そこには、きっと少女自身によって言語化された「理由」があり、その「理由」は彼女の身体的反応の一つひとつを説明するに違いありません。

けれど、ここでちょっと立ち止まってみましょう。

これから少女によって語られる「理由」は、あくまでも涙のあとに語られたものです。涙は、教師が叱責したことによってこぼされ、こぼされた涙によって、教師は生徒に弁解の機会を与えます。そして、この涙は小説の構造上、あとに続く「理由」の重さをいっそう際立たせることになります。図式化してみましょう（【図4】）。

通常の小説の読解は、⑥のように⑤から③に立ち戻ることで、その解釈を完成させます。ですが、私たち教師が注目すべきは、①から②へのステップにあります。いったいなぜ、「若い書道の教師」は、戦争と原爆のあとの極限状況にある教室で、こうした頭ごなしの叱責を行なったのか。そしてまた、このとき教師は、いったいどのような心理状況にあったのか。

問 「その罐は何んだ、机の中にしまえ」とあるが、このときの教師の気持ちを漢字二文字で書きなさい。

そう、ここで出題されるべきは、きっとこうした設問だったのです。さて、みなさんはこの問いに、どんな模範解答を用意しますか?

◉書道教師のパフォーマンスは、ほんとうに少女を救ったか?

「空罐」の引用の続きを読んでみましょう。

「その罐は何んだ、机の中にしまえ」と教壇から教師が言った。少女はうつむいて、空罐をモンペのひざに抱いた。そして、泣き出した。教師が理由を聞いた。

「とうさんと、かあさんの骨です」と少女が答えた。書道の教師は、少女の手から、空罐を取った。

それを教壇の机の中央に置いた。ご両親の冥福をお祈りして、黙禱を捧げよう、と教師は目を閉じた。ながい沈黙の後で、教師は、空罐を少女の机に返して、「明日からは、家に置いてきなさい、ご両親は、君の帰りを家で待ってて下さるよ、その方がいい」と言った。(4)

「理由」を知った教師は、大人げない叱責から態度を一変させ、少女の良き理解者になります。けれども、あらかじめこの小説のポイントを指摘しておきますと、じつはこのような語りの展開は、私たち読者の視線をあざむくために用意されているのでした。

あざむく、というといささか言葉が強いかもしれません。ですが、ちょうどマジシャンが右手の派手な動きによって観客の視線を引き付けつつ、同時に、左手でコインをそっと拾い上げているような「あざむき」が、この語りには仕組まれているのです。

どういうことかお分かりですか？

私たちは初め、つい瞬間的に「叱責」を行なってしまった教師といっしょに、少女の涙の「理由」に耳を傾けたはずです。しかし、実際に彼女が口にした理由は「とうさんと、かあさんの骨です」という「事実」のみでした。

はたして、これは涙の本当の理由でしょうか？

もちろん、それを問いただすというのは「野暮」というものかもしれません。実際、小説の語り手は、それを問うこと自体が野暮であるという一般的な感覚を利用して、教師に過剰なまでの「良い先生」を演じさせます。そのパフォーマンスはあまりに完璧で、私たちはついに、なぜ少女は空罐に入った両親の骨を書道の机の上に置いていたのか、という教師がそもそもの始まりに抱いた違和感の原因の解明を忘れてしまうのです。

◉きぬ子の背中

書道の教師のパフォーマンスは、少女の本当の気持ちを読者に追求させないための「あざむき」である――。

意外に思われるかもしれませんが、きっと、学校の先生たる私たちがこの短編小説から得られるもっとも重要な教訓は、この一点にあります。そのことを明らかにするために、今一度慎重に、書道の教師の、完璧とも思われる生徒対応をおさらいしてみましょう。

空罐の中身が、生徒の両親の遺骨であると知る
←
空罐を、あえて「教壇の机の中央」に置く
←

クラス全員に呼びかけ黙禱を捧げる
↓
「ご両親は、君の帰りを家で待ってて下さるよ」という配慮ある言葉をかける

このように並べてみると、私たちはつい先生の「対応」に感嘆してしまい、少女の涙の理由をすっかり理解し、さらにはそれを癒しもしたかのような錯覚に陥ります。けれども、じっくりと原文を読み直してください。少女の語った「理由」というのは、じつのところ、最初に教師が口にした「その罐は何んだ」という問いかけに対する必要最低限の答えに過ぎません。つまり、教師（と私たち）の解釈ゲームは、次のような空欄をジャンプするかたちで進められていたのです。

空罐の中身が、生徒の両親の遺骨であると知る
↓
彼女は今、（　　　　　　　　）という気持ちなのだと分かった
↓
「机の中にしまえ」ではなく、むしろみんなの前に出してしまった方がいいだろう
↓

空罐を、あえて「教壇の机の中央」に置く
↓
クラス全員に呼びかけ黙禱を捧げる

このように並べてみて、この空欄を埋める言葉を、はたして教師は（そして私たちも）、本当に知り得たと言えるのでしょうか。

林京子の小説は、この点においてあまりにシビアです。物語は、この少女の空罐事件を、遠い昔のこととして思い出す同級生の語りによるものです。物語の最後、「きぬ子」という名のこの少女は、被爆後三十年を経てもなお、彼女の肉体に刺さったガラス片に苦しんでいます。そして、その苦しみの深さは、私たち教師の「生徒対応」では到底推し量ることのできないもののように語られているのです。

あの時の少女が、きぬ子だったのだ。空罐事件は、私の少女時代に錐を刺し込んだような、心の痛みになって残っていた。空罐の持ち主が誰だったか、と言うことよりも、事件そのものの方が、印象に深くあった。焼けた家の跡に立って、白い灰の底から父と母の骨を拾う、幼いきぬ子の、うつむいた姿が、薄暗い教室の中に浮かびあがった。あの空罐は、いま何処にあるのだろう。

きぬ子は、まだ、赤さびた空罐に両親の骨を入れて、独り住いの部屋の机に、置いているのだろうか。

昨年、K寺で逢ったときにも、きぬ子は両親の話には触れなかった。現在の生活も、過去の生活も、いっさいを口にしなかった。あの頃、背中のガラスは、既に痛みはじめていたのかもしれない。

きぬ子は、あした入院するという。きぬ子の背中から、三十年前のガラス片は、何個でてくるだろう。光の中に取り出された白い脂肪のぬめった珠は、どんな光を放つのだろうか。(5)


身体のなかに埋め込まれ、脂肪に包み込まれたガラス片は、はたして「きぬ子」について何を語るのでしょう。「どんな光を放つのだろうか」という問いかけは、結局のところ、「『少女はうつむいて』とあるが、このときの彼女の気持ちを漢字二文字で書きなさい」という先に示した設問の変奏です。そしてもちろん、それに対する模範解答はありません。

◉授業空間に「なじむ」のを待つ

まとめましょう。N先生の「授業開始時の声がけをどうするか」という質問には、大変かもしれませんが、まずは「全体」を意識したアナウンスの技術を磨くべきだというアドバイスが適切かもしれません。「喝」でもなく、「お前ら」でもないやり方を、なんとか見つけていくべきでしょう。間違っても、授業開始時に、特定の生徒個人への叱責だけは行なってはなりません。授業開始時という、プライベート空間からパブリックな空間へと、半ば強制的にその身体を適応させている最中の生徒の「心」というのは、どれだけベテランの域に達しても掴めるものではないのです。(6)「空罐」のなかの「きぬ子」が心と身体に負った傷は、書道の教師のとりなしによって癒されるものではありませんでした。もちろん、生徒の身体的な反応に敏感になることはとても重要です。私物の種類や、自分のかけた言葉への反応といったものにも、教師はどんどん敏感になっていい。ですが、その身体的反応の「理由」を、現代国語のテストのように、ただちに簡潔な言葉によって再表現する必要はないのです。「生徒が何を考えているか分からない」のは当たり前です。「分かる」ことよりも、生徒がパブリックな授業空間に「なじむ」瞬間を待ってあげましょう。

第4章　おもしろい授業なんてできません

【A先生の質問】

教えることが好きかと問われれば、嫌いではないと答えます。子どもが好きかと問われても、たぶん答えは同じです。どちらも好きですと、私が胸を張って答えられないのは、きっと自分の授業に自信がないからでしょう。私には「おもしろい授業」なんてできません。タレントではない私に、おもしろいトークを期待されても困ります。そして、おもしろくない授業は、すぐに「つまらない授業」という烙印をおされます。私はただ、ふつうの授業がしたいだけなのですが、それでは努力が足りないのでしょうか？

◉おもしろさという他者評価

今回のテーマは「おもしろい授業」です。

言うまでもなく、ここでの「おもしろい」は、あくまで児童・生徒・学生側の主観です。何しろ、教室にいるのは先生と子どもたちだけ。もちろんこれが社会人教育の場であれば、「自分にとっては退屈な授業だけれど、他の人たちにはきっとこれは『おもしろい』のだろう」と自分を客観視できる生徒さんも少なくないかもしれません。ですが、たいていの授業では、そうはいかないでしょう。

また、A先生も危惧されているように、「おもしろい授業」の反対が「つまらない授業」であるというのも、教師にとってはプレッシャーです。A先生にしてみれば、「おもしろい授業」から「おもしろさ」を引いた場合、そこに残るのは「ふつうの授業」であって、各単元の内容を充分に理解させ、応用力を伸ばすことができるものならば良いはずです。そもそも、授業というのは、お芝居でもテレビ番組でもないので、ときには単調な作業を実施したり、基礎的な解説を行なったり、誰もが頭を悩ます応用問題に取りかかったりしなくてはなりません。昼休みのあとのいちばん眠気をもよおす時間帯であっても、教師は分詞構文を教えなくてはならないし、クラスの雰囲気がなんとなく険悪でも、グループ実験を指導しなくてはなりません。

そう、「おもしろさ」が絶対的な他者評価であるということも教師にはプレッシャーであるのに、「つまらなさ」の正体も、突き詰めればそのほとんどが外的要因であるというのであれば、いったい私たち教師に勝ち目はあるのかしらと敵前逃亡したくなる気持ちも分かります。やはり、おもしろい授業というのは、ひとにぎりの才能のある（それこそタレント性のある）先生にしか実現できないものなのでしょうか？

◉みんなの喜ぶ「修身」の授業――中勘助『銀の匙』の場合

時間を百年ほど巻き戻して、かつての「おもしろい授業」の一例を覗いてみましょう。次にあげるのは、一九一三年から新聞に発表された中勘助の自伝小説『銀の匙』からの引用です。

学課のうちでいちばんみんなの喜ぶのは修身だつた。それは綺麗な掛け図をかけて先生が面白い話をきかせるからで、その絵には弾丸《たま》にあたった親熊が蟹をあさってる子熊をひしがないようにもちあげた石をかかえたまま死んでるところ、大将が頬杖をついて蜘蛛が巣をかけるのを見てるところなどあった。生徒らは美しい絵にみとれ、お話にききほれて　もうひとつ、もうひとつとねだる。先生は
「みんながお行儀よくさえすればいくらでも話してあげる」
といって一枚一枚めくっては話してゆく。そんなにしていつも大抵一冊の掛け図をすっかり話してしまったが、不思議なことにはいちばんはじめにある異人の女が子供を抱いて雪のなかに倒れてる絵をきまってとばしてしまう。生徒らもそれを見ながらちっともせびらない。私はまたなかでもその絵が気にいって　もうか　もうか　と待ってたけれどついぞ話してもらえなかった。(1)

語り手である「私」が、その幼さにもかかわらず、とても客観的に授業を観察していることが分かる文章です。最初の行の「みんなの喜ぶのは」という口ぶりも、先に私たちがたとえとして想像した社会人の生徒さんのそれを思わせるほど、冷静です。これはもちろん、執筆時の作者がすでに二十代後半であったことも関係しているのでしょうが、小説の設定上も、「私」は他の子どもたちをとても

冷めた目で見ていることが強調されています。

ある日のことひとり廊下に立って幾年となく腕白どもの手にすられててらてらになった手すりに肱をかけ、藤棚のしたにとびまわる彼らのしわざを眺めて笑ってたとき後ろを通りかかったひとりの先生が不意に呼びかけて
「なにを笑ってる」
といった。私は
「子供たちの遊ぶのがおかしい」
と答えた。先生はふきだして
「□□さんは子供じゃないか」
というのをまじめで
「子供は子供でもあんなばかじゃない」
といったら
「困るねえ」
といって教員室へはいってほかの人たちに話していた。私はたぶん先生たちに困られてたのである。(2)

このように「困る生徒」であった「私」は、しかしながら、自分の担任には信頼を置いていたようで、たとえば隣に引っ越してきた女の子には「自分の学校のいいこと、修身のお話の面白いこと、受持ちの先生のやさしいことなぞ数えあげ」てみせるのでした。

中勘助の描く修身の授業のおもしろさは、「綺麗な掛け図をかけて先生が面白い話をきかせる」といった「授業らしくなさ」にあります。これには他のパターンもあり、たとえば、

「今日は先生のかわりにみんながひとつずつ話をするのだ」といって自分は火鉢のそばへ椅子をひきよせてあたりながらなかで気の強そうな者や剽軽《ひょうきん》な者を呼びだして話させたことがあった。(3)

といった具合に、生徒に「先生のかわり」をさせるといった大胆な指導法も紹介されます。この授業では、先生自身が生徒とのやりとりをおもしろがり、「なに足袋の話?　こりゃ面白そうだ」であるとか、「こんだは槍の話か。これも面白かろう」であるとか、とにかく率先して授業を盛り上げ、最後には「先生は感心してしまった」といった素直な感想を伝えます。まさしく、サービス精神に富んだ授業だと言えるでしょう。

◉『銀の匙』を使った名物授業

ところで、この『銀の匙』という本だけを国語の教科書に指定して、かつまた、その読解のみで中学三年間すべての現代国語を行うという先生がいたことをご存知ですか?

『奇跡の教室』(4)で紹介され、自身が百歳になったときに『〈銀の匙〉の国語授業』(5)という新書を発表したその「先生」の名は、橋本武さんといいます。

橋本先生は、自分がそのように特殊な授業を行うようになったいきさつを、次のように説明しています。

わたしは一九一二年(明治四五年)、京都府の宮津に生まれました。今年ちょうど一〇〇歳になります。一九三四年(昭和九年)に旧制灘中学校に赴任し、それからずっと、一九八四年(昭和五九年)に七一歳で退職するまで、国語教師として教壇に立ってきました。

教師という立場になったとき、「自分が中学生だったとき、先生から何を教わっただろうか」と考え、愕然としました。先生に親しみはあっても、授業の内容がまるで思い出せないのです。自分がどんなに一生懸命授業しても、卒業したらすっかり忘れられてしまうというのでは、こんな空しいことはない。勉強したことが生涯心の糧になるような、そんな教材はないか、とずっと考えていました。
戦後になって、中勘助『銀の匙』（岩波文庫）こそそれだと思い当たります。二〇〇頁ほどの薄い文庫本で、夏目漱石先生がこれほど美しい日本語はないと褒めた文章ですから、国語教材として文句の出ようもない。幼いひよわな子どもがたくましい青年に育っていく物語だから、生徒が自分に重ね合わせられます。(6)

こうして、一九五〇年四月より、『銀の匙』は橋本先生の国語教科書となったわけですが、じつは、旧制灘中学校に赴任したての一九三四年（昭和九年）の時点で、橋本先生はすでに、同書を「課外読物」に指定していたといいます。(7) 翌三五年には、芥川・直木両賞の第一回が発表されるなど、当時はいわば日本の小説史が「近代」から「現代」へと移行し始めた時期に当たります。

そして敗戦を迎え、橋本先生は、ご自身が生まれた頃に執筆された『銀の匙』にあらためて向きあうこととなります。作者の中勘助は一八八五年生まれですから、ちょうど橋本先生の親世代にあたり、小説に書かれた風景にも橋本先生はぼんやりとした郷愁を感じることができたのでしょう。つまり、先生は自身にとって「おもしろい」と思える教材を手にしたのであり、その上で、さながら『銀の匙』のなかの修身の授業のように、その「おもしろさ」を生徒たちと共有するような授業作りを行なったわけです。

もちろん、これは「灘中学校」という自由な環境だからこそ許されたことですが、橋本先生がそもそものお手本としたのは、先生自身が小学三年生のときに受けた、こんな授業だったといいます。

> 加藤という男の先生でした。この先生は読本《とくほん》を使わないで、そのころ新しく売り出された講談社の講談本を持ってきて、読んで聞かせてくれるんです。講談本にはいろんな英雄豪傑が登場します。真田幸村《さなだゆきむら》だとか、忍者の猿飛佐助《さるとびさすけ》、霧隠才蔵《きりがくれさいぞう》、それから三好清海入道《みよしせいかいにゅうどう》とか。塙団右衛門直之《ばんだんえもんなおゆき》などという名前も覚えた。もうわくわくしました。うれしくて楽しくて、国語の時間が好きになっていった。(8)

指定教科書ではなく、自前の教材を使う。ともすれば、それは多くの学校においては「ルール違反」とされるかもしれません。ですが、自前教材の使用は、それ自体が指定教科書に対する批評となり、先生はみずからの「個性」を際立たせることができます。そして巧みな先生であればあるほど、「ルール違反」をしているといった感覚を生徒たちと分かちあうことができ、そこに生まれた共犯関係を逆手にとって、他の授業にも負けない「わくわく」感を生み出すことができるというわけです。

同じようなエピソードが、森鷗外の『ヰタ・セクスアリス』にもあります。

講義は直観的で、或物の上に強い光線を投げることがある。そういうときに、学生はいつまでも消えない印象を得るのである。殊に縁の遠い物、何の関係もないような物を藉《か》りて来て或物を説明して、聴く人がはっと思って会得するというような事が多い。Schopenhauer は新聞の雑報のような世間話を材料帳に留めて置いて、自己の哲学の材料にしたそうだが、金井君は何をでも哲学史の材料にする。真面目な講義の中で、その頃青年の読んでいる小説なんぞを引いて説明するので、学生がびっくりすることがある。(9)

これは大学の講義の例ですが、「おもしろい」授業のかたちとしては、普遍的なものなのかもしれません。ここにある「金井先生」のように、橋本先生の回想する「加藤という男の先生」も、教科書とは異なる「講談本」を授業中に紹介して教室の子どもたちをおどろかせます。

こうした指導法を自分なりに解釈した結果、橋本先生は中勘助の『銀の匙』にたどり着きます。そして、自前のプリントを作成していくかたわら、実際に中勘助氏に手紙を出し、その後は作者本人とも、ときには生徒たちをも巻き込んで、長い交流を続けたということです。

◉「ふつうの授業」の作り方――宮沢賢治『銀河鉄道の夜』の場合

橋本先生が旧制灘中学校に赴任した一九三四年は、もう一つの日本文学の名作が初めて活字になった年でした。そうです、この年に文圃堂から刊行された最初の『宮沢賢治全集』には、あの『銀河鉄道の夜』が収録されていたのです(10)。

さて、小説『銀河鉄道の夜』は、誰あろう「先生」の言葉で始められていました。しかもそれは、どうやら授業の只中であり、「先生」はそこまでの説明に区切りを付けて、生徒たちに質問をしているのでした。

書き出し部分を引用します。

「ではみなさんは、そういうふうに川だと云われたり、乳の流れたあとだと云われたりしていたこのぼんやりと白いものがほんとうは何かご承知ですか。」先生は、黒板に吊した大きな黒い星座の図の、上から下へ白くけぶった銀河帯のようなところを指しながら、みんなに問をかけました(11)。

さて、この黒い星座の図の前で話すジョバンニたちの先生の授業は、あの『銀の匙』の「修身」の授業と比べて（そこでは「綺麗な掛け図をかけて先生が面白い話をきかせ」ていました）、おもしろい授業だったのでしょうか、つまらない授業だったのでしょうか。

なかなか難しい質問ですね。第一に、これらは互いに授業の内容がまるで違います。また、子どもたちの境遇もずいぶんと違いがありそうです。そしてもちろん、授業のおもしろさとは、あくまでも生徒一人ひとりの主観によってしか測れない、ということもあるでしょう。

ですが、ここではあえて、その査定を行なってみましょう。その際に、授業のおもしろさを左右する原因や理由が、生徒個人の事情や、授業環境によるものは「外的要因」と考え、教師側の工夫や、授業運営の方法によるものは「内的要因」と考えます。

まず、あれは「おもしろい授業」であったかもしれない、という根拠は次のとおりです。

●大きな黒い星座の図の他にも、「たくさん光る砂のつぶの入った大きな両面の凸レンズ」が教室内にある。【外的要因】

●カムパネルラをはじめ、四、五人の生徒が授業内容に興味をもって挙手をし、つらい仕事で疲れているジョバンニでさえも発言をしたくなるような授業作りをしている。【内的要因】

●天の川を「巨きな乳の流れ」とたとえたあと、さらに星は「脂油の球」であるとか、真空は「川の水」であるとかいった見立てを行い、理科の授業であるにもかかわらず、詩的な表現で生徒を楽しませている。【内的要因】

次に、自分がジョバンニと同じような立場の生徒であったら、ひょっとしてあれは「つまらない授業」であったかもしれない、という根拠をあげてみましょう。

●これは「午后の授業」であり、「このごろはジョバンニはまるで毎日教室でもねむく、本を読むひまも読む本もないので、なんだかどんなこともよくわからないという気持ち」とあることからも分かるように、生徒の個人的な事情が学習に支障をきたしている。【外的要因】

●教師から生徒に対する質問は「このぼんやりと白いものがほんとうは何かご承知ですか」と、それのいい換えである「銀河は大体何でしょう」というものだけで、それすらもジョバンニやカムパネルラが答えられないでいると、「では。よし。」と言って自分で答えてしまう。そればかりか、続く説明がとても長い。【内的要因】

●授業の最後も、特に生徒たちの感想や意見を聞くでもなく、「そんならこのレンズの大きさがどれ位あるかまたその中のさまざまの星についてはもう時間ですからこの次の理科の時間にお話します。では今日はその銀河のお祭なのですからみなさんは外へでてよくそらをごらんなさい。で

【図５】

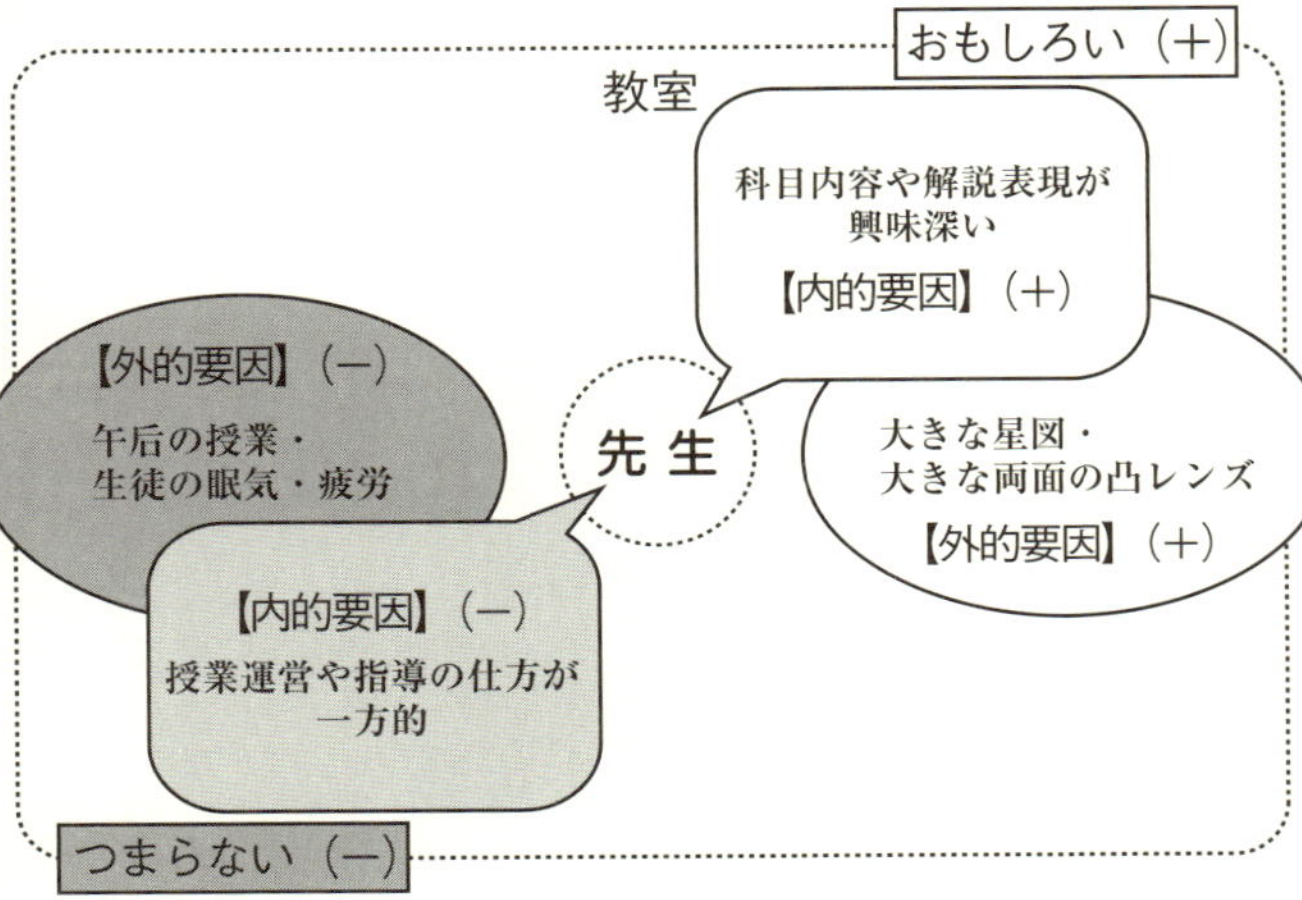

はここまでです。本やノートをおしまいなさい。」と言って、一方的に授業を終わらせている。【内的要因】

どうやら、この授業の場合、おもしろくなる要因もつまらなくなる要因も、どちらも外的なものと内的なものが同じ程度あるようです。

【図５】のように、『銀河鉄道の夜』のオープニングを飾る「午后の授業」では、授業への興味を促進するものと阻害するものが、実に見事に拮抗しています。「先生」は努力と工夫を重ねて、あのような独創的な銀河の説明を行いますが、その一方で、自分の話に夢中になって生徒とのやりとりをあまり実施できていません。また、教室には教科書以外の魅力的な装置があって、それも充分に活用されているのですが、やはりその一方で、それを聞く一部の生徒たちのコンディションは決して充分とは言えない状態なのです。

この先生の授業は、要するに「ふつうの授業」です。ただし、内的要因も外的要因もすべてが「ふつう」というわけではなく、プラスとマイナスが互いを打ち消しあうことによって、結果的に「ふつう」となってしまった——そんな感じの授業だったと言えるでしょう。

◉悲観的な先生はお好きですか——高橋源一郎『銀河鉄道の彼方に』

さて、「自分の授業に自信がない」と言っていたA先生からの問いかけは、「私はただ、ふつうの授業がしたいだけなのですが、それでは努力が足りないのでしょうか?」というものでした。ですが、『銀河鉄道の夜』の「午后の授業」のケースからも分かるように、「ふつうの授業」を成立させているだけでも、すでに充分な努力は払われているのです。

ここで、この「午后の授業」にとてもよく似た、とある現代小説の一場面を読んでみましょう。

> 先生は中にたくさん光る砂の粒のはいった大きな両面の凸レンズをさしました。
> 「この『天の川』を示すレンズは、この学校に何十年も前からあるものです。先生の前の前の前の前の前の前の、そのまたずっと前の先生が、おそらくあなたたちの曾祖父《ひいじい》さんがあなたたちほどの年齢だった頃に、これを使って授業をしたのです。その頃、先生が教えた銀河の説と、いまの銀河の説とは、まるで違っています。だいたい、宇宙は、その頃よりずっと大きなものと

考えられるようになったのです。けれども、いったいどれほど、宇宙のことがわかるようになったのかといえば、あいかわらずほとんどわからない、といわざるをえないのです[12]」

これは、実験的な小説を多く書いている高橋源一郎による、『銀河鉄道の彼方に』と題された小説からの引用です。はたして、この引用文のいったいどこまでが賢治のオリジナルで、どこからが高橋のパロディか、みなさんお分かりでしょうか？

答えは簡単です。最初の地の文以外は、すべて高橋源一郎の創作なのです。

賢治のオリジナル版『銀河鉄道』の先生は、「こっちやこっちの方はガラスが厚いので、光る粒即ち星がたくさん見えその遠いのはぼうっと白く見えるというこれがつまり今日の銀河の説なのです」と述べていますから（これに対して高橋版では「こっちやこっちの方はガラスが厚いので、光る粒、すなわち星がたくさん見え、その遠いのはぼうっと白く見えるという、これが、かつての銀河の説なのです」となっています）、高橋版『銀河鉄道』の先生は、あれからずいぶんと後の時代に教壇に立ち、あのときの「今日」とは異なった「いま」を生きているということが分かります。

高橋版『銀河鉄道』の先生は、さらに話を続けます。

先生は、その大きなレンズを見つめたまま、いいました。

「大切なのは、銀河は、宇宙の一部だということです。わたしたちの地球もその一部だということです。そして、宇宙というものは、あまりに大きくて、それが実際に、どんな法則によって成り立っているのか、よくわからないのです」

「いつか、わかるようになるのですか？」Ｚ＊＊が珍しく真面目な顔でいいました。

「わかる、ということがどういうことなのか、それがわからない以上、宇宙の法則をわたしたち人間がわかる日は来ないかもしれません」先生は哀しげな調子で、静かにいいました。[13]

いかがでしょうか。

みなさんは、この「先生」に対して、どのような印象をもたれたでしょう。ちょっと悲観的過ぎるな、と思われた方もいるでしょうし、なかなかに哲学的で結構だけれど現実問題としてこんなことを言っていては授業は成り立たない、と思われた方もいるでしょう。

確かに、「わかる、ということがどういうことなのか、それがわからない」と言ってしまえる「先生」は、小説的にはおもしろくても、現実の世界にいるといろいろ困ることが多そうです。ですが、この引用で私があえてみなさんに問いかけてみたいのは、やはり、この授業が「おもしろい」か否かです。それも、本家の『銀河鉄道の夜』の「午后の授業」と比べてみたとき、「おもしろさ」はどちらの方が上でしょう？

じつのところ、「おもしろさ」の外的要因も内的要因も、高橋版『銀河鉄道』の「午後の授業」は賢治版のそれに引けをとりません。ただ、先生の授業の「つまらなさ」の内的要因が、「長すぎて一方的すぎること」にあるのではなく、「説明の不可能性ばかりを口にし、相手を煙に巻くような応答をし続ける」といった点にあるのは、大きな違いです。そして、ちょっと意外なことに、ともすれば「つまらなさ」の質的違いにしか思えなかったこのマイナス要因が、高橋版『銀河鉄道』の「午後の授業」を、ピンポイントで「おもしろい」ものに変えてもいるのです。

どういうことか、もう少し説明を加えましょう。

注目したいのは、高橋版『銀河鉄道』のなかで伏せ字のように紹介されている「Z＊＊」という生徒です。この生徒は、その頭文字から推測するに、きっと賢治のオリジナル版でジョバンニをからかう「ザネリ」の末裔なのでしょう（「ザネリが前の席からふりかえって、ジョバンニを見てくすっとわらいました」という箇所は、高橋版では「Z＊＊が前の席からふりかえって、G＊＊を見てくすっとわらいました」とされています）。

オリジナル版のザネリは、必ずしも真面目とは言えないまでも、授業中は「ふつう」としか言いようのない一生徒に過ぎません。彼はふつう以上の興味を、この理科の授業にもっている訳でもなさそうですし、終業となれば特に目立った動きも見せずに学校を出るのでしょう。

ところが、高橋版『銀河鉄道』の「Z＊＊」は、大方の意見ではその授業の「つまらなさ」の原因であるかのような「先生」の悲観的な語りに、「珍しく真面目な顔」になります。これはあきらかに、賢治のオリジナル版「午后の授業」では獲得しえなかった反応であり、この瞬間、少なくとも「Z＊

＊」にとって、この授業は「おもしろい」ものになりかけているのです。

◉宮沢賢治が「先生」だった頃

「Ｚ＊＊」の真顔を導き出した高橋版『銀河鉄道』の「午後の授業」は、その具体的説明と抽象的思考の行き来がずいぶんと大げさに描かれていて、そのために、オリジナル版の「午后の授業」とはまた別の生徒の興味を引くことになりました。これは、一般的な意味での「おもしろさ」と「つまらなさ」になれていた生徒が、いくらか悲観的ではあるものの、普段とは異なったトーンの「つまらなさ」に触れたときに、そこに彼なりの興味をもったためと考えられます。

質問者のA先生は、「教えることが好きか」という問いと「子どもが好きか」という問いを、ほとんど同じようなものとして捉えていましたが、高橋版『銀河鉄道』の先生は、どうやら自分が子ども相手に話をしているという意識を、さほど強くはもっていないようです。彼の言葉は、いわば「自問」の延長です。ですから、「宇宙の法則をわたしたち人間がわかる日は来ないかもしれません」という彼のセリフは、目の前の「子ども」にではなく、先生としての「自分」に向けられていたのでしょう。ただし、そこにいる「自分」というのは、「わたしたち人間」という具体と抽象とを包み込む大きな概念であった、ということとは重要です。

こうした態度は、ひるがえって、宮沢賢治本人の授業風景を思わせます。

畑山博『教師　宮沢賢治のしごと』には、稗貫農学校（現花巻農学校）の教諭として二十代後半の五年間を過ごした賢治の「授業」の一部が、当時の生徒たちへのインタビューをもとに再現されていますので、ここで少しその授業の様子を覗いてみましょう。

問　諸君の家から学校までくるのにかかる時間。その一〇〇メートル当たりの一年間の平均時間を出しなさい。

かかった時間
距　離

早トチリの生徒というか、今風のさかしらな生徒なら、何、一年だって一日だって同じだろうと思ってしまう。それで右にかかげた式にただ数字を当てはめてゆく。答えが出る。家から一キロメートルをいつも一〇分なら、答えはその一〇分の一の一分だ。

が、賢治は、そんな答えは認めない。

「早足で歩く日と、ゆっくりゆく日もあるだろう。考えてみよう」

とくる。

友だちと途中で会って話したり、やたらに小便をする日があったり、雨が降り出して雨宿りしたり、雪の日だったらもっと遅い。忘れものをして駆け戻る日だってある。

生徒たちは一人ひとり自分に帰って、それを考える。

そうしてさっきの分数にそれを加味してゆく。新しい分数を横並びにとめどなく足してゆくのである。

現実にその作業を賢治はやらせる。

そして、そうした分子の項目をたくさん思い出してそこに書くことが出来れば出来るほど生徒は評価される。

競争で生徒らはそれをやらせられる。

イントロダクションから中頃まではゲームである。

生徒らは、その作業の中で、限りなく正確さに近づくという喜びを感じる。

さてそこでだ。

とつじょとして賢治は変身する。

とはいっても、無制限に現実に回帰することはこの世では出来ないのだ。

そこで物事の抽象化ということが行なわれる。(14)

公式という「抽象」から、生徒一人ひとりの生活という「具体」に導き、そしてふたたび「抽象」へと帰結する賢治の授業。ベテランどころか、駆け出しの頃の賢治の授業には、強引と思われる点も少なからずあります。ですが、賢治のかつての教え子が、畑山の筆を借りて蘇らせた「無制限に現実に回帰することはこの世では出来ないのだ」というそのメッセージは、「わたしたち人間」の無力さを痛感しながらも教えることをやめない、高橋版『銀河鉄道』の「先生」の姿にも重なります。それは、先生という立場だからこそ得られる境地であり、私たちはそこから、子どもに対する悲観的な語りかけも、楽観的な語りかけも、どちらも始めることができるはずです。

◉悲劇であれ喜劇であれ

まとめましょう。授業の「おもしろさ」と「つまらなさ」は、往々にして外的要因に左右されがちです。私たち教師は自分の裁量で時間割を決定することがなかなかできませんし、生徒の（特に経済的な）生活に立ち入ることも、原則的にはできません。

一方で、先生個人のトークは、才能のあるなしに左右されますし、生徒をあっと驚かすような副教材を準備することも、誰にでもできることではありません。しかし、そういった技術的な能力の差を超えて、先生の授業に「巻き込まれた」という感覚を生徒に与える授業は、確かに存在します。

まず、先生である私たちは、自分が教えている教科のすばらしい可能性と同時に、その限界についても考えなくてはなりません。ふたたび宮沢賢治の『銀河鉄道の夜』を開いてみるならば、そこには、「先生」が授業を通じて子どもたちに聞かせた、抽象的思考と具体的な生死をめぐる授業の断片が、次のようなかたちで思い出されています。

ところがいくら見ていても、そのそらはひる先生の云ったような、がらんとした冷いとこだとは思われませんでした。

「蝎いい虫じゃないよ。僕博物館でアルコールにつけてあるの見た。尾にこんなかぎがあってそれで螫《さ》されると死ぬって先生が云ったよ。」

「天上へなんか行かなくたっていいじゃないか。ぼくたちここで天上よりももっといいとこをこさえなけぁいけないって僕の先生が云ったよ。」(15)

ここに書かれているのは、充実と虚無、生と死、そして理想と現実です。

「わたしたち人間」をとりまく《世界》についての授業は、たとえ技術的に描くとも、たとえ環境的に届きづらくとも、A先生の願うとおり、どこまでも「ふつう」な調子を崩さずに続けられれば、きっと相手の心に響きます。もちろん、教室というふつうではない空間で「ふつう」が維持されるためには、相応の努力が必要です。煽ることも威圧することもなしに、生徒と「ふつう」の対話ができているのであれば、それだけでもA先生の苦労は、すでに実を結んでいると言えるでしょう。

また、一口に「ふつう」な調子と言っても、言葉の伝え方にはトーンというものがあります。《世界》について語るとき、その語り口が高橋源一郎の「先生」のように悲観的なトーンになれば、生徒の胸に教師の話は「悲劇」として残るでしょうし、楽観的なトーンになれば、賢治の現実の教え子たちのように、それをすばらしい「喜劇」として語り継いでいくことでしょう。いずれにせよ、心に引っかかった物語を、人は「おもしろい」と呼ぶのです。

中勘助の『銀の匙』を使った橋本武先生の場合にしても、それは教科書ではない文庫本を使ったから「おもしろい」のではなくて、先生自身がその小説を「おもしろい」と思ったこと、すなわち、教壇を降りてなお「おもしろい」と思えていたこと（それこそ、百歳になるまで！）が重要なのです。

そう、悲劇であろうと喜劇であろうと、役者と観客が互いに巻き込み／巻き込まれていくような芝居は、何年先から振り返っても「おもしろかった」と評価されることを思い出してください。それと同じように、教壇に立った先生が、教壇に立っていないときの先生を巻き込むような授業をし得たならば、それはきっと、その教室内にいる生徒たちにとって、本当に「おもしろい授業」となるのでしょう。

【コラム】そのとき生徒は②「本当はつまらない修身」

◎或る農学生の憤り

中勘助は「学課のうちでいちばんみんなの喜ぶのは修身だった」と書いていますが、これは学年の低さや、担当の先生の人柄によるところが大きいのかもしれません。事実、『銀の匙』の後篇では、十代となった主人公に、「私のなにより嫌いな学課は修身だった」と語らせています。掛け図にかわる高等科の教科書は「手にとるさえ気もちがわるいやくざな本」であり、「孝行」という言葉は偽善に過ぎず、そして教師による説明は「下等な意味での功利的」であると慨嘆する主人公は、「修身のある日にはいつも学校を休んだ」と述懐するに至るのです[①]。

宮沢賢治もまた、修身の講義について次のような憤りを、「或る農学生」の筆を借りて綴っています。

一時間目の修身の講義が済んでもまだ時間が余ってゐたら校長が何でも質問していゝと云った。けれども誰《たれ》も黙ってゐて下を向いてゐるばかりだった。ききたいことは僕だってみんなだって沢

山あるのだ。けれどもぼくらがほんたうにききたいことをきくと先生はきっと顔をかしくするからだめなのだ。
なぜ修身がほんたうにわれわれのしなければならないと信ずることを教へるものなら、どんな質問でも出さしてはっきりそれをほんたうかうそか示さないのだらう。(2)

賢治の描くこの学生は、「修身」という科目の自己矛盾をたしなめると同時に、「ぼくらがほんたうにききたいこと」を質問したならば「きっと顔をかしくする」という先生のことを批判しています。みずから教諭として農学校に勤めた五年間(一九二一年から一九二六年まで)のことを思うと、「日誌」に綴られたその辛辣な言葉は、賢治の自己批判でもあり、同時に、学校というものに対する内部告発でもあったのでしょう。

◎教育勅語と修身

本書第2章の冒頭に、一八八七年(明治二十年)発行の『尋常小学読本』を紹介しましたが、二年後の八九年には「大日本帝国憲法」が制定され、その翌年には「教育勅語」が発布されます。教育史を専門とする山本正身によると、「教育勅語」の影響が顕著だったのは「修身」の科目で、「それまで尋常小学校で週一時間半であったものが、週三時間と倍増され」、その教科書についても『教育勅語』

の趣旨に基づいて、厳格な検定が行われるようになった」ということです。[3] 以後、一九四五年まで科目としての「修身」は続きますが、半世紀以上におよぶこの科目に対する不満は、作家や詩人たちにとっても忘れられないものだったようです。

太宰治もまた、一九三〇年代の終わりに、当時の学生の「日記」をお手本にしつつ、小説「女生徒」を執筆しました。

学校の修身と、世の中の掟と、すごく違っているのが、だんだん大きくなるにつれてわかって来た。学校の修身を絶対に守っていると、その人はばかを見る。変人と言われる。出世しないで、いつも貧乏だ。嘘をつかない人なんて、あるかしら。あったら、その人は、永遠に敗北者だ。[4]

ここに見られる、賢治よりもダイレクトな「修身」批判は、さすがに太宰の作品だけあって、ほとんど取りつく島もないほどです。

◎与謝野晶子のラディカルさ

振り返ってみると、「修身」という科目に対するもっともラディカルな批判は、「教育勅語」発令の数年前（一八八〇年代前半）には学校に通い始めていた与謝野晶子が『私の生い立ち』に書いたこんな記述だったのかもしれません。

これも二年生くらいの時、先生は修身の話をしておいでになりましたが、「あなた方、此処《ここ》に三羽のひよこがあるとしまして、二羽のひよこは今人から餌《え》を貰って食べています。一羽のひよこはそれを見てます。そうするとその一羽のひよこはどんなことを思っていると思いますか。解《わか》っている人は手をお挙げなさい。」とお云いになりました。手を挙げたのは僅に三人でした。私はもとよりその中ではありません。一番の子と二番の子と三番の浅野《あさの》はんがそれです。

「浅野はん。」

と先生は指名をなさいました。私はこのむずかしい問題を説き得たと云う浅野はんをえらい人であると思って、後《うしろ》にいるその人の顔を振返って眺めました。

「私も欲しいと思います。」

浅野はんはこう云っただけです。先生は可否をお云いにならずに、外《ほか》の二人を立たせて答をお聞きになりました。

「私も欲しいと思います。」

皆この言葉を繰り返しただけです。私はつまらないことを考える人達だと三人を思いました。

一羽のひよこが何を思っていたかは、人間の子供の私達にそう容易《たやす》く解る筈はないが、何《なん》と云ってもそんな簡単なものでないと思ったのです。

「そうです。それに違いありません。」

と先生はお云いになりました。私はそれにもかかわらず一羽のひよこの真実《ほんとう》の心持《こころもち》が解りたいとばかり幾年か思い続けました。浅野はんの名はそのために今も頭に残っているのです。[5]

「一羽のひよこの真実の心持が解りたい」。たとえばそれが、晶子の「ほんとうにしりたいこと」であったのならば、戦争に邁進する近代人の心を基礎付けようとする「修身」の授業をこの先何年受けようとも、きっと満足のいく答えを彼女は得ることができなかったに違いありません。

第5章　「先生らしさ」に憧れてしまいます

【K先生の質問】

教員間の勉強会で、とても印象的な模擬授業を受けることがありました。その方は、若い頃から世界中を旅し、教師以外の職業経験もあるため、教える内容の一つひとつに実感がこもってい て、何気ない一言にすらも「先生らしさ」を感じることができました。私自身は、本を読む以外にこれといった趣味もなく、教師以外の経験もありません。こんな私でも、何か先生らしい一言を口にしてみたいのですが、どうしたら良いでしょうか。

◉ロックンロールを語る先生――重松清『せんせい。』

今回は、「先生らしさ」について考えていきましょう。

K先生の質問は、悩みというよりも、ベテラン先生への憧れと呼ぶべきものです。「教える内容一つひとつに実感がこもっていて」というくだりからも、一朝一夕に手に入らない「味わい」といったものを、模擬授業をされたその先生の言葉に感じ取られたのでしょう。このように良い意味での「先生らしさ」といったものは、それこそ小説の得意とするところで、現代の人気作家たちも折に触れて、そうした滋味あふれる教育を実践する教師たちを描いてきました。

たとえば、重松清の短編集『せんせい。』に収録された「白髪のニール」にも、こんな印象的な場面があります。


夏休み最後の日、僕は「センセ、ちょっと聴いて」と『ライク・ア・ハリケーン』のイントロを弾いてみた。アコースティックの弾き語りでも、雰囲気は出せた。ニール・ヤングの中で唯一、ちょっといいなと思っていたのが、ひずんだギターが最初から最後まで鳴りつづける『ライク・ア・ハリケーン』だった。フクちゃんもボーカルをつける。ひと夏付き合ってきた先生への、僕たちからのちょっとしたプレゼントのつもりだった。

　だが、先生は出来の悪い答案を返すような調子で「ぜんぜん違うのう」と言った。「こげなん、ニールと違うわ」

「……音符は合《お》うとる思いますけど」

　ムッとして言うと、先生は「そげん怒らんでもええがな」と笑って、ニール・ヤングのライブのことを教えてくれた。（中略）

「長谷川の弾きよるんは、確かにロックじゃ。福本の歌もロックじゃ。ほいでも、大事なんは、ロールでけるかどうかなんじゃ」

　二つ合わせてロックンロール——。

「ロックは始めることで、ロールはつづけることよ。ロックは文句をたれることで、ロールは自

分のたれた文句に責任とることよ。ロックは目の前の壁を壊すことで、ロールは向かい風に立ち向かうことなんよ」

じゃけん、と先生はつづけた。

「ロールは、オトナにならんとわからん」

黙ってうなずく僕たちに、先生はフフッと笑って、自分のギターをかまえた。(1)


この引用を一読する限りにおいては、先生と生徒たちはふつうの師弟関係を結んでいるかに見えます。舞台は一九七〇年代の終わりですから、一九六九年ソロデビューのニール・ヤングが話題の中心にあるのも不自然ではありません。ですが、たとえばこの先生はなぜ生徒たちにギターを教えているのか、「ロールは、オトナにならんとわからん」と言い切る先生がいったい何歳なのか（当時のヤングは三十三歳）、などといった点はやはり気になるところでしょう。

まず、この先生の名前は「富田」といい、担当科目は物理です。それも、「理科室と理科準備室からめったに出てこない——要するに物理の授業を教えるだけの、生活指導とも進路指導とも無縁の先生」です。つまり、小説としてのおもしろさは、およそロックンロールとは縁のなさそうな富田先生が、ニール・ヤングの熱烈なファンだったというギャップにあります。が、重松の仕掛けは、もちろんこれだけではありません。

じつは、先生はただロックンロールが好きなだけで、彼自身はギターが弾けないどころか、音感もリズム感もてんで話にならないレベルです。ところが、訳あってヤングの曲をマスターしたいと一念発起した彼は、ロック少年であった主人公たちに懇願して、夏休みいっぱい、彼らの指導のもとギターの練習に精を出したのでした。

先生はほんとうに覚えの悪い生徒だった。こんなに不器用だとは思わなかった。（中略）**うんざりしてため息をつくと、先生も開き直って、「どうじゃ、おまえらもセンセの苦労がわかったろうが。なんぼ説明してもわからん生徒を教えるんは、ほんま、大変なんど」といばりだす。**

こっちだって言い返す。

「物理の授業、どげん説明されてもわからんのもつらいんですよ。ボクらの気持ち、センセもわかったでしょ」

「アホ、ギターと勉強を一緒にするな」(2)

というわけで、ここには、教える側と教えられる側の逆転があります。つまり、あの「ロールは、オトナにならんとわからん」という熱い言葉は、富田先生がもっとも「先生らしくない」状況にあったからこそ発し得たとも言えるのです。

◉「先生」から遠く離れて

先生らしい言葉は、先生らしくないシチュエーションから生まれる——。

そのようにまとめてしまうならば、同じ『せんせい。』に収録された短編小説「気をつけ、礼。」の方が、その「先生らしくなさ」の衝撃度ははるかに上です。というのも、ヤスジとあだ名されるその中学教師は、ギャンブルに溺れ、あろうことか同僚や保護者に対して「寸借詐欺」のような不正をはたらくと、そのまま町から姿を消してしまうのですから。

その事実を知って、かつて彼の教え子だった主人公の少年は、当然のことながら傷つきます。傷つき、高校生活のなかで克服しかけていた吃音を再発し、そしていつしか不良の仲間入りをしてしまうのですが、ヤスジとの再会は、まさしくそうした瞬間に訪れます。

「学校はどげんしたんか」

叱りつける声で、ヤスジが言う。体がひとまわり縮んでいた。髪は真っ白で、無精髭が頬にまで生えていた。着ている服は油の染みがついた作業着の上下で、履いているのは埃まみれのズック。自転車は錆びついて、粗大ゴミと間違えそうなほどだった。

だが、ヤスジは、ヤスジだった。

「なんな、その格好は。どこぞのちんぴらと変わりゃせんが」

少年は呆然として、なにも言えなかった。逃げないのか？　謝らないのか？　言い訳しないのか？　いや、それよりも、まず——俺は怒らないのか？

「ビシッとせんか！」とヤスジは怒鳴った。

少年は思わず目を伏せた。

「情けない奴じゃのう、おまえは。こげなふうになっとるとは思わんかったど」

誰のせいだと思ってるんだ、と言い返したかったが、言葉が出てこない。

「気をつけ！」

ヤスジがまた怒鳴る。(3)


「情けない奴」とは、むしろヤスジの方なのですが、たとえどんなに落ちぶれようとも、ヤスジと「俺」の関係は、かつての師弟関係そのままです。むしろ、あの頃の中学の教室から遠く離れ、互いに過酷な現実に直面しているこのときほど、ヤスジが怒鳴る「気をつけ！」が、「俺」の耳に先生らしく響くことはありません。

なぜでしょうか？

理由の一つは、ヤスジ本人が、現在のあまりに「先生らしくない」状況を無視して、「気をつけ！」

と怒鳴ったことにあります。


「なんでもええけん、早うしゃべらんか」

なにも、言えない。

短い沈黙のあと、ヤスジは目をそらした。二、三度小刻みに瞬くヤスジの顔は、そのたびに皺が深くなっていった。

「まあ……元気でやれや」とヤスジはつぶやいて、少年に目を戻し、「元気で、がんばってくれ」と声を強めて言った。

「先生……」

声をかけたきり、またなにもしゃべれなくなってしまった。

「わしはもう先生と違うけん」

ヤスジは少しだけ笑って、うつむいた。(4)


このように、学校制度から完全に切り離されたところに再浮上した「先生と生徒」の関係は、実体を伴わないがゆえにその「真実度」を上げていきます。というのも、「らしさ」というのは、一般的に考えられているような、本物に近付けば近付くほど高まる、といった単純なものではないからです。

ことに、「先生らしさ」と「先生であること」は、ヤスジの場合、反比例の関係にあり、結果、詐欺と逃亡の果てに「先生であること」からもっとも遠いところにたどり着いてしまった瞬間、彼は「俺」にとってはもっとも強烈な「先生らしさ」を発揮してしまいます。

短編「気をつけ、礼。」におけるヤスジの行動と、そのときの「先生である」度合いを、時系列に並べると次のようになります。

① 生活指導に力を入れ、生徒たちに煙たがられる……………現役教師
② ギャンブルにはまり、同僚や保護者に借金をする…………教師としてのモラル違反
③ 借金を踏み倒し逃亡………………………………………………失職
④ ふたたび生徒の前に現れる……………………………………「もう先生と違うけん」

ヤスジが、「先生である」状態からどんどん遠ざかっていく過程が分かりますね。

ことに、②のあたりからヤスジは、「先生」としての資格が危うくなり、③以降は「先生ではない」状態となります。ところが、こうした「先生である」状態の下降線を頭に置きながら、対する「先生らしさ」といったものの変化を時系列順に並べてみると、不思議なことに、その線は下降どころかわずかに上昇していることが分かります。先の番号に対応するかたちで、抜き出してみましょう。

①

生徒にとっては、けむたい存在だった。（中略）安いのヤスに、イボ痔のジ。そういうあだ名を付けられる教師は、じつは意外と生徒から好かれているものなのだ——おとなになったいまなら、なんとなくわかるのだけど。

②〜③

寸借詐欺と呼べばいいのか、一件ずつの被害額は数万円から多くても二、三十万円ほどだったので、ことを荒立てるよりも忘れてしまったほうが面倒がない、と考えたひとも多かったはずだ。（中略）

それでも、ヤスジの悪口は、不思議なほど出てこなかった。厳しいけれどいい先生だった、と、誰もが言った。生真面目なぶんギャンブルにのめりこんだら抜けられなくなったのだろう、と同情した。（傍点引用者）

④

「先生……」

声をかけたきり、またなにもしゃべれなくなってしまった。(5)

①から③へと至る過程で、ヤスジの「先生らしさ」は、「けむたい」から「いい先生」へ、そして最後の④では、ただ一言「先生……」という絶句へと、その「本物らしさ」をあげていきます（①の「じつは意外と～」というくだりは、あくまでも大人になってからの評価です）。ただ、「俺」は一人そうしたヤスジのことを許さないと心を固めていたのですが、④にあるようにいざ本物のヤスジに遭遇し、そして「気をつけ！」と号令をかけられると、つい「先生……」と口にしてしまうのです。

会いたいとは思わない。ただ、生きていてくれたら、いい。どこかで見ていてくれたら、うれしい。(6)

これは、作家になった「俺」の、およそ二十年後の述懐です。先生でなくなったどころか、その消息すら途絶えてしまった男に対し、「どこかで見ていてくれたら、うれしい」と思うとき、この元生徒の心のなかで、「気をつけ！」と号令するヤスジは誰よりも「先生らしい」存在となっているのでしょう。

◉「富田先生」は何歳だったか

さて、ここでふたたび短編「白髪のニール」に戻り、残されていたもう一つの疑問を考えてみましょう。「ロールは、オトナにならんとわからん」と言い切ってみせた富田先生は、当時、いったい何歳だったのか。小説では、すでに四十五歳になった主人公の長谷川が、当時のことをこんなふうに回想しています。

学校では冗談のかけらすらも言わなかった先生が、僕たちの前ではよくしゃべって、よく笑った。白衣を着ていない先生の姿は、見慣れると、意外と若かった。いや、もしかしたら、夏休みの間に少しずつ若くなっていったのかもしれない。というか、三十三歳はそもそも若いのだ。四十五歳の目で見ると、同じ「オトナ」と呼ぶんじゃない、と言いたくなるほど若いのだ。(7)

というわけで、正解はニール・ヤングと同じ「三十三歳」だったわけですが、みなさんはこの年齢をどのように捉えますか。若いでしょうか、あるいは、すでに立派なオトナだと感じるでしょうか。

もちろん、長谷川が気付いているとおり、年齢とはそもそも相対的なものであり、相手が幾つかではなく、自分自身がいま何歳かという基点の方が、よほど重要な要素となるのです。では、そうしたことを意識しながら、長谷川による富田先生の描写を、もう少し拾い上げてみましょう。

引き算をしてみると、一九七九年の夏、富田先生は三十三歳だったことになる。
いまの僕よりもずっと年下——それが、どうにもピンと来ない。
おっさんだったのだ、ほんとうに、あの頃の富田先生は。もっさりとして、しょぼくれて、若白髪まであったのだ。(8)

高校生だった頃の長谷川にとって、当時三十三歳の富田先生は「おっさん」以外の何ものにも見えなかったというのは、たぶん仕方のないことでしょう。たいていの十代にとって、三十代以上の大人たちの年齢差はうまく判別がつかないものですし、「もっさりとして、しょぼくれて」といった表現からも、富田先生が実年齢よりも若く見える理由はありません。ですが、これに比べて、「いまの僕よりもずっと年下」であることをうまく納得できないでいる四十五歳の長谷川は、いったい何に対して頭を悩ませているのでしょうか。

二十八年間、一度も会うことはなかったし、思いだすこともめったになかった。それでも、先生はずっと、僕の先生だった。理科室ではなくドレミ楽器店の二階で教えてくれた。受験には役立

たなかったし、先生からなにかを教わったんだということにも、若いうちは気づかなかった。オトナになってからわかった。ほろ苦い後悔や自己嫌悪とともに、先生から教わったことは胸に染みていった。

転がりつづけること。

生き抜くこと。

センセ、ボクはロールしよりますか。キープ・オン・ローリングしよりますか。

止まってしもうとっても、もういっぺん動きだしたら、まだ間に合いますか。

センセ、オトナにはなして先生がおらんのでしょう(9)。


どうして大人には先生がいないのか。

これが、富田先生を回想する長谷川のわだかまりの正体です。つまり、彼にとって「センセ」とは「オトナ」であり、「オトナ＝センセ」の前では、たとえ幾つになっても、自分は「コドモ」のままでいられる。けれど、「コドモ」であるはずの自分があの頃の「センセ」の実年齢を超えるとき、すなわち富田先生が生徒自身の人生のなかで「先生であること」をやめた瞬間、彼はただ「先生らしい」存在として、長谷川のなかでなかば神格化されていくのです。

ノスタルジアというものが大概そうであるように、私たちは憧れの対象に到達不能であることが明らかになったときに、初めてその対象に価値を見出します。「先生である」という状態もそうで、先生と生徒の関係が失われて初めて、「先生らしさ」は先生という実態以上のオーラ（あるいは蜃気楼）のようなものとして立ち現れてくるのです。

◉「先生らしさ」を必要としているのは大人だけ

まとめましょう。「先生であること」と「先生らしさ」は、同じ一つの時空間ではなかなか成立しません。質問者であるK先生が、勉強会で授業を行なったベテラン教師の一言に「先生らしさ」を感じることができたのも、それが本物の授業ではなく、大人が大人の授業を観察する「模擬授業」であったためだとも考えられます。やはり、「らしさ」を感受し、その価値を噛みしめることができるのは、現役の生徒よりむしろ、重松作品の長谷川のような、元生徒たる「オトナ」の方なのでしょう(10)。

ですから、「らしさ」を身に付けたいと焦るよりも、現役教師はただひたすらに、「先生であること」に集中すべきなのかもしれません。重松清の作品がはっきりと示してくれているように、「らしさ」は、現役の生徒たちにとってはほとんど価値をもたないのです。そして、物語化された「先生らしさ」に心揺さぶられる「オトナ」になった元生徒たちは、かつて「先生であること」に熱中しかえって先生らしくなかった教師のことを思い出し、まるで重松作品を読み終えたあとのような充実感を、彼ら自身の人生にも見出しうることになるのです。

第6章　嫌われることも仕事のうちですか？

【F先生の質問】

ときどき、クラスのムードメーカーのような生徒が、授業中に大きな声で、他の科目の先生を批判します。また、普段はあまり積極的な発言をしないような生徒が、ふとしたときに相談にきて、やはり私ではない別の先生が苦手であると打ち明けてくれます。若い頃は、彼らのこうした愚痴を、私に対する信頼の証であるかのように受け止めていたのですが、最近は素直に聞くことができません。特に、かつての自分のようなポジションの先生の周りに生徒が群がっているのを見ると、ひょっとしたら自分のことが悪く言われているのではないかと疑心暗鬼になるのです。先生である以上、嫌われることは避けられないのでしょうか？

◉太宰治「女生徒」の心の揺れ

教師である私たちも、かつては教室の座席から教壇の先生を見上げる立場でした。そのときのことを振り返ってみたならば、生徒であった頃の自分の「批判」というものは、なんと身勝手なものだったか思い当たるはずです。生理的な好き嫌いはもちろんのこと、集団教育特有の連帯感と疎外感が原因となって、生徒は自分勝手に特定の教師に肩入れをし、同時に、特定の教師に憎しみや嫌悪感を抱きます。

太宰治の「女生徒」には、そうした生徒の心の揺れが、じつに巧みに描かれています。該当する段落全体に目を通してみましょう。

> けさの小杉先生は綺麗。私の風呂敷みたいに綺麗。美しい青色の似合う先生。胸の真紅のカーネーションも目立つ。「つくる」ということが無かったら、もっともっと此の先生すきなのだけれど。あまりにポオズをつけすぎる。どこか、無理がある。あれじゃあ疲れることだろう。性格も、どこか難解なところがある。わからないところを沢山持っている。暗い性質なのに、無理に明るく見せようとしているところも見える。しかし、なんといっても魅かれる女のひとだ。学校の先生なんてさせて置くの惜しい気がする。お教室では、まえほど人気が無くなったけれど、私は、私ひとりは、まえと同様に魅かれている。山中、湖畔の古城に住んでいる令嬢、そんな感じがある。厭に、ほめてしまったものだ。小杉先生のお話は、どうして、いつもこんなに固いのだろう。頭がわるいのじゃないかしら。悲しくなっちゃう。さっきから、愛国心について永々と説いて聞かせているのだけれど、そんなこと、わかりきっているじゃないか。どんな人にだって、自分の生れたところを愛する気持はあるのに。つまらない。[1]

「小杉先生」への憧れが、数分にも満たない「私」の思考のなかで、一言ずつズレを起こして思わぬ批判にたどり着く過程が手に取るように分かります。「綺麗」から始まった先生への賛美は、「厭に、ほめてしまったものだ」という自己嫌悪にも似た感情に転換し、途端に、「頭がわるいのじゃないかしら」「悲しくなっちゃう」「つまらない」といった批判に傾いていく。ですから、仮にこれらの感情のいずれかを彼女が口にしたとしても、それが彼女自身の「本音」であると、私たち教師は考えるべきではないのです。

◉ 有明淑の日記

ところで、この短編小説「女生徒」にモデルとなった「日記」が実在していたことをご存知でしょうか。太宰治のファンであった有明淑《ありあけしず》の書いた「日記」(2)は、二〇〇〇年になって一般公開され話題となりましたが、何よりも後世の読者・研究者を驚かせたのは、両テキストの酷似ぶりであり、要するに、同小説の記述の多くが、有明淑の日記から抜き書きされたものであったという事実でした。

たとえば、先の引用の「オリジナル」と目される日記の箇所は、次のようになっています。上段に「有明淑の日記」、下段に「女生徒」を、見比べやすいように並べてみましょう(3)。

【有明淑の日記】	【太宰治「女生徒」】
小池先生、わからない所を澤山持つてゐる。	わからないところを沢山持っている。
暗い性質なのに、無理に明るく見せようとしてゐる所も見える。	暗い性質なのに、無理に明るく見せようとしているところも見える。
しかし何んと云つても魅かれる女の人だ。學校の先生なんてしてゐるの惜しい気がする。	しかし、なんといっても魅かれる女のひとだ。学校の先生なんてさせて置くの惜しい気がする。
	お教室では、まえほど人気が無くなったけれど、私は、私ひとりは、まえと同様に魅かれている。
山と湖にかこまれた古城に住んでゐる女の人、そんな感じがする。	山中、湖畔の古城に住んでいる令嬢、そんな感じがある。
厭にほめてしまつたものだ。[4]	厭に、ほめてしまったものだ。[5]

モデルとなった女性の「日記」をこのように流用するやり方は、作家の倫理としてはクエスチョンマークが付きますが（この方法は、太宰の晩年の代表作『斜陽』において、さらに意図的に行われています）、私たちにとって大事なことは、「先生」というものに対する生徒の心の変化として、当事者（有明）と解釈者（太宰）の二つのバージョンが目の前にあるという事実でしょう。

この有明版「小池先生」と太宰版「小杉先生」の大きな違いは、「お教室では、まえほど人気が無くなったけれど、私は、私ひとりは、まえと同様に魅かれている」（太宰「女生徒」）という一文の追加と、「小杉先生のお話は、どうして、いつもこんなに固いのだろう」（同、【図6】を参照）から始まる、先生への批判的な感想の箇所です。

もちろん、こうした作家の加筆部分のみに注目して、太宰のオリジナリティを評価する向きもあるでしょうが、有明版と太宰版を対等のテキストとして見比べてみるならば、有明版では「厭にほめてしまつたものだ」と批判した直後にみずからを客観視する語り——「學校の自分なんて、実際見られたものでは無い」——が挿入されており、こちらの方が生徒の心理描写としてはリアリティがあり、評価に値すると考えることもできるはずです。

オリジナリティとリアリティ。これらを二人の人間の思考実験の結果と考えてみるならば、私たち教師は、そこに現れた生徒の感情の揺れの二つの有り様を、いずれも教育現場で起こりうるものとしてあらかじめ知っておく必要があるでしょう。

「厭に（、）ほめてしまったものだ」からの生徒の態度の分岐は【図6】のとおりです。

【図6】

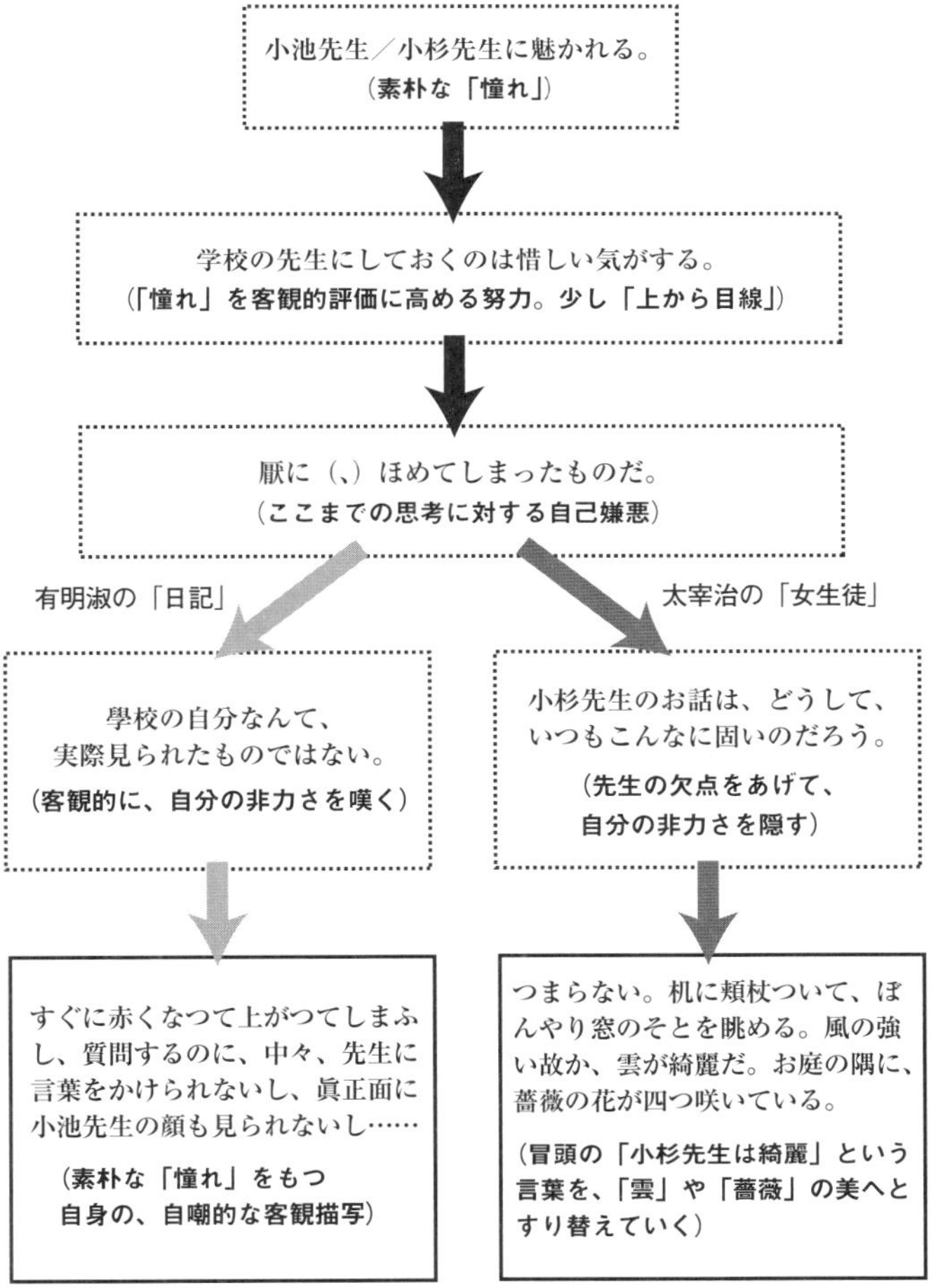
小池先生／小杉先生に魅かれる。
（素朴な「憧れ」）
学校の先生にしておくのは惜しい気がする。
（「憧れ」を客観的評価に高める努力。少し「上から目線」）
厭に（、）ほめてしまったものだ。
（ここまでの思考に対する自己嫌悪）
有明淑の「日記」
太宰治の「女生徒」
學校の自分なんて、
実際見られたものではない。
（客観的に、自分の非力さを嘆く）
小杉先生のお話は、どうして、
いつもこんなに固いのだろう。
（先生の欠点をあげて、
自分の非力さを隠す）
すぐに赤くなつて上がつてしまふし、質問するのに、中々、先生に言葉をかけられないし、眞正面に小池先生の顔も見られないし……
（素朴な「憧れ」をもつ
自身の、自嘲的な客観描写）
つまらない。机に頬杖ついて、ぼんやり窓のそとを眺める。風の強い故か、雲が綺麗だ。お庭の隅に、薔薇の花が四つ咲いている。
（冒頭の「小杉先生は綺麗」という言葉を、「雲」や「薔薇」の美へとすり替えていく）

「厭に（　）ほめてしまったものだ」という言葉を、生徒の「自己嫌悪」として考えてみたのは、たとえばこれが、いわゆる「ファン心理」といったものに似ているからです。「先生」に対する憧れから始まったはずの述懐は、どういうわけか「学校の先生にしておくのは惜しい」といった過剰な評価に結び付き、結果的に、「小池／小杉先生」がいま自分の目の前にいる理由そのものを否定することとなります。太宰版にある「お教室では、まえほど人気が無くなったけれど、私は、私ひとりは、まえと同様に魅かれている」といった告白からも分かるように、「学校の先生に〜」のくだりに至る「私」の心は、独占欲に支配されていると考えていいでしょう。

ところが、「学校の先生」でなければなんなのだろう、と連想を進めていき、「古城に住んでいる女の人／令嬢」と思い付いた「私」は、相当に惨めな気持ちになったはずです。というのも、そもそも「小池／小杉先生」への憧れは、先生と生徒の間柄であるからこそ生まれたものなのです。そのため、その関係性から「小池／小杉先生」一人を離脱させてしまうとき、多くの生徒のなかで「私ひとり」が特別な生徒だと自負していた彼女は、たちまちに心の支えを失ってしまうことになるからです。

かくして、「厭に（　）ほめてしまったものだ」という「私」の言葉の裏には、「憧れ」を言語化し、「小池／小杉先生」の「先生」性とでも呼ぶべきものを否定することになってしまったみずからの思考に対する、強い自己嫌悪の感情があったと推測できます。そして、ここからが二人の「私」の別れ道となるわけですが、そうした自己嫌悪を自分の非力さ（学校での自分は、先生に満足に言葉をかけることもできない）に対する嘆きへと発展させていくか、あるいは、自己嫌悪を払拭するためにいわゆる「逆ギレ」のような状態で、「小杉先生」の欠点をあげつらい心のバランスを取り戻すかが、有明版と太宰版の大きな違いとなるのです。

◉アイドルとファンのように——辻村深月「パッとしない子」

教師と生徒の関係は、アイドルとファンのそれに似ている——。

教師みずからそんなことを言ってしまうと、ちょっと自惚れているようで照れ臭いものです。ですが、有明淑と太宰治が二人で作り上げたテキストには、確かにそのような心理の相似が描き出されていました。

さて、こうした教師と生徒の非対称な関係を、きわめて実験的、かつリアルに物語化した現代の短編小説に、辻村深月の「パッとしない子」(6)という作品があります。国民的アイドルとなったかつての教え子が、テレビ番組の収録のため母校にやってくる。そんな、必ずしも非現実的とは言えないシチュエーションを描いた本作には、若さを失った教師とアイドルになった元生徒の、こんな対面シーンがあります。

——この距離で顔を合わせると、元教え子相手とはいえ緊張した。——

彼の目から見れば、美穂は四十を前にしたおばさんだ。そう思うとなんだかいたたまれない思いがするが、この子相手にそんなことを考えること自体がおそらく図々しいのだろう。国民的アイドルを前に私もちょっと舞い上がっているのかもしれない、と心の中で苦笑する。[7]

ここに描き出されているのは、「女生徒」ではなく「女教師」の自意識です。松尾美穂という名の彼女は、旧姓を佐藤といい、十三年ほど前に、この高輪《たかなわ》佑《たすく》というアイドルの図工担任と、彼の弟の学級担任をしていました。ところが、「佐藤先生」にとっての佑とその弟の印象は薄く、有名になったあと同僚や児童に当時のことを尋ねられても、「パッとしない子だったんだよね」と答えるばかり。ですが、こうした教師にとっては一見なんでもないような発言の積み重ねが、想像もしなかった展開をもたらします。


「先生は、ぼくのことも、弟のことも、好きではありませんでしたよね」

ぴしゃりと佑が言う。

言葉の強さに美穂がまた言葉を飲み込んでしまうと、佑が続けた。

「先生の言った通りの、パッとしない子。先生の印象は、ぼくのことも弟のこともそうだったはずです。先生は、当時若くてとても人気がありましたよね。みんな、かわいいって言っていたし、女子なんかは恋愛相談の手紙を先生に渡して返事をもらったと喜んでいる子たちもたくさんいた。年配の他の先生たちには話せないようなことも話せるし、若いからぼくらの気持ちをわかってくれるって、中には、誰々がムカつく、みたいな話をしていた子もいて――」

佑が冷めた目で美穂を見る。(8)

国民的アイドルになった元教え子から二人きりで話をしたいと言われたときは、もしかしたら感謝の言葉でも伝えられるかと思っていた美穂にとって、突然の恨み節は驚きだったに違いありません。「パッとしない子」であったはずの児童の視点から、自分なりに一所懸命働いてきたはずの「佐藤先生」時代のことを否定的に語り直されていくという体験は、まさに太宰が脚色した一女生徒の批判を直接耳にしてしまったような苦しさを教師に与えます。

佑の言葉を聞いた美穂は、「調子に乗っていた、と言われたらそうなのかもしれない」と当時のことを客観的に振り返ります。その客観性は、彼女の主観における「パッとしない子」の主観――すなわち、美穂自身を見つめる佑の視線の存在を浮かび上がらせます。

「そんな彼が一人、教室の中で今のようなひねた見方で自分を見ていたのだとしたら」という美穂の気付きは、教師であればきっと、そのキャリアのいずれかの段階で突き付けられるものなのでしょう。クラスのリーダー的存在、盛り上げ役、お調子者、優等生、そういった「パッとする子」たちに支えられて、若い教師はクラス運営のコツをつかみます。そのあとに、クラスの雰囲気になじめない子、浮いている子、天然な発言をする子、忘れ物の多い子、といった反対の意味で目立ってしまう子たちに向きあう術を身に付けていくのです。

「パッとしない子」は、そうした教師にとっての、死角にあたります。どんなに目を凝らし、気配りをしても、教師の目に「パッ」という何かをもたらさない子どもは、そもそも物語にもなりにくいものです。そうした意味でも、「アイドルとファン」の関係になぞらえられる教師と教え子の関係を、アイドルになってしまった元教え子と教師の関係に転換させてみせた短編「パッとしない子」は、私たち教師の死角に強力なフラッシュを浴びせてくれる得難い作品なのだと言えるでしょう。

◉美穂の自意識を追う

国民的アイドルになった高輪佑が、どうしてこれほどまでに「佐藤先生」に執着するのか。その理由はぜひ小説を読んでいただくこととして、ここでは、先の引用にあった、「パッとしない子」の「ひねた見方」を突き付けられた美穂の自意識を追ってみましょう。

まず、佑から二人きりで話すことをお願いされた美穂は、「お礼を言われるのではないか」と考えます。ところが、いざ話を聞いてみると、佑が伝えようとしているのは一種のクレームであり、佑のことを「パッとしない子」と言って回るのはやめてくれというのがその内容でした。まったく身に覚えがない、というわけでもない美穂は、それでも「私が言ったとこの子に伝えたという人がいると言うなら、その相手に対して殺意に近い思いが芽生える」といった具合に、あくまでも自身の正当化につとめようとします。

自分は感謝されてもおかしくない、と思っていた教師が、元教え子から積年の恨みを伝えられる。これほど酷なシチュエーションは、あまり考えつきません。たまりかねた美穂も、佑の表現を「悪意がある言い方」だと考えたり、「繊細すぎてついていけない」と憤ったりして、元教え子の気持ちを汲もうとする努力そのものを放棄し始めます。

佑に責められれば責められるほど、美穂の自意識は保身に徹するようになり、それは「自分がダメな教師だと責められている気になる」というつぶやきによってピークを迎えます。なぜなら、美穂の意識に初めて浮上してきた「ダメな教師」というこの言葉は、自己否定を装いつつも、あくまでも元教え子側の「主観」こそを非難し、それを否定するために用いられているからです。

さらに興味深いのは、この「ダメな教師」という言葉をきっかけにして始まる、美穂の自己弁護です。さながら、「厭に、ほめてしまったものだ」という言葉のあとに書き換えられた太宰版の「女生徒」の自意識のように、美穂は佑のことを否定し、自分を守ろうとするのです。

「……私、そんなに悪いことした？」

思わず口を衝いた本音だった。
←
かわいがってくれなかったと恨まれるのは逆恨みもいいところだ。
←
いい先生、いいクラス、大好きな先生。
　さっきは何気なく聞いていたその言葉が、今は美穂に聞かすために敢えて言われた嫌みに聞こえる。
←
記憶を捏造しないでください――という佑の声が、耳の遠くに弾ける。そんなことはない。ちゃんと覚えている。私は確かにあの子の味方だった。力になった思い出はなかったことにされて、繊細すぎて傷ついた、悪い話の方だけ責められるなんて理不尽だ。(9)

　短編「パッとしない子」の残酷さは、主人公である美穂に、いっさいの挽回の機会が与えられないことです。けれども、そうした状況においてさえ、この短編に教師としての微かな希望が描かれているとするならば、それは、綿々と綴られる美穂の自意識のなかで、「ダメな教師」と「いい先生」という外部評価を、彼女自身が決して絶対視してはいない、ということでしょう。

「ダメな教師」や「いい先生」は、あくまでも相対的なものであり、太宰治の「女生徒」でも確認したように、それは一人の教師に対する一人の生徒の心のなかでも、何重にもからまったかたちで存在するものです。そのことを、美穂はきっと経験的に分かっていて、だからこそ「力になった思い出はなかったことにされて、繊細すぎて傷ついた、悪い話の方だけ責められるなんて理不尽だ」と思ってしまう。そんなある種の開き直りに対して、ひょっとしたら読者の多くは眉をひそめるかもしれませんが、じつは、この短編の読みどころは、そうした一筋縄ではいかない生徒からの批判に、いかにして教師が心を折られずに耐え忍びうるかという点にあるのです。

◉教師のプライベート

ちなみに、この作品を読んだときの私の感想は、普段のそれとはだいぶ異なるものでした。まず、「パッとしない子」が収録されている短編集は、そのタイトルを『噛みあわない会話と、ある過去について』といい、初版の帯には「共感度１００％！」という惹句が踊っています。正直言って、この文句を目にしたとき、私は、誰もが完璧に共感できる小説などないのでは？　と思ってしまいました。実際、この「パッとしない子」を読み進めていくなかで、「佐藤先生」の過去を糾弾し、切ない少年時代を回顧する佑の言い分に共感していくも、なかなか音《ね》を上げない美穂の自意識に、イライラするというか、なんとも歯がゆい思いをさせられたものです。

【図７】

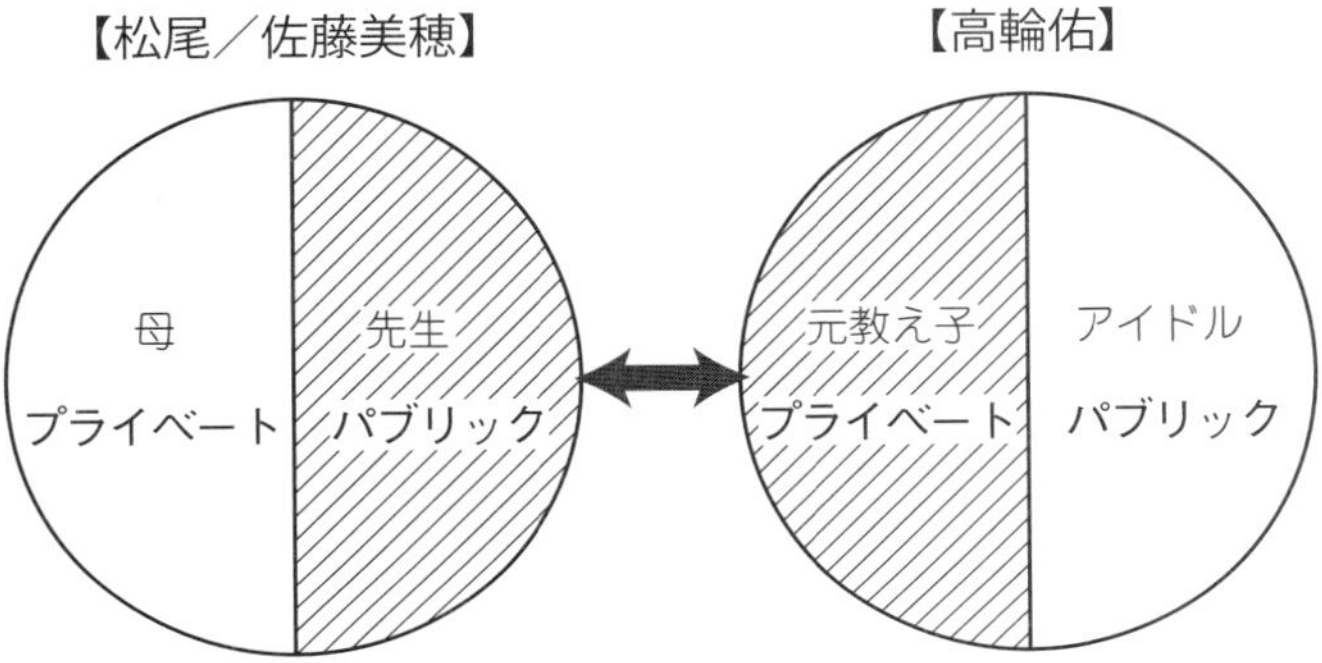

ですが、短編も残り数ページとなって、どうやら最後まで美穂は踏ん張り続けるらしいと気付かされたとき、私の脳裏に「共感度100％！」の文字がふたたび浮かび上がりました。そうです、辻村深月のすばらしく研ぎ澄まされた筆は、佑への共感五十パーセント、美穂への共感五十パーセント、足して小説に対する百パーセントの共感というものを実現しようとしていることが分かってきたのです。

さて、佑と美穂の対立関係は、その危ういバランスを最後まで崩さずに終わるのですが、これを実現し得たのは、二人にとってのパブリックとプライベートが、互いにちょうど裏返しになるようにして向きあっていたからです。どういうことか、簡単に図解してみましょう。

【図７】で斜線を引いたのは、この短編が中心的に描いている先生と元教え子の対面シーンの構図です。ここでは、パブリックな存在としての「佐藤先生」に対して、アイドルの顔をいったん隠したプライベートな存在としての「高輪佑」がいます。先生と教え子ではなく、実際は元先生と元教え子という関係であるにもかかわらず、佑の告発は、あくまでも美穂をパブリックな「先生」という立場にとどめておき、そこから逃げ出すことを許しません。

「認めてください」と佑が言った。

「ぼくのことを〝パッとしない子〟だと言ったなら、それこそがぼくと先生の関係がその程度だったことの証明です。先生が仲がよくてかわいがっていたのは、ぼくでもぼくの弟でもない誰かで、ぼくらじゃない。（中略）」

美穂はもう佑の方を見る気力も失っていたが、佑がそれを許さない。逃げ場のない声が辛辣に、はっきりと言った。

「記憶を捏造しないでください」と。[10]

教師が教え子を選べないように、教え子もまた教師を選べません。そして、ほとんど偶然で決まったその関係は、たとえどちらかが忘れても、どちらかが覚えている限りずっと続きます。

もちろん、佑のケースは特殊で、本来であれば次の【図8】のように、美穂は、娘とともにテレビ画面越しに佑を見ているだけのはずでした。そして、今現在、日本中から注目されているアイドルのプライベート、すなわち、自分の学校の児童だった頃の彼の姿は、なんだか「パッとしない子」といっ

【図8】

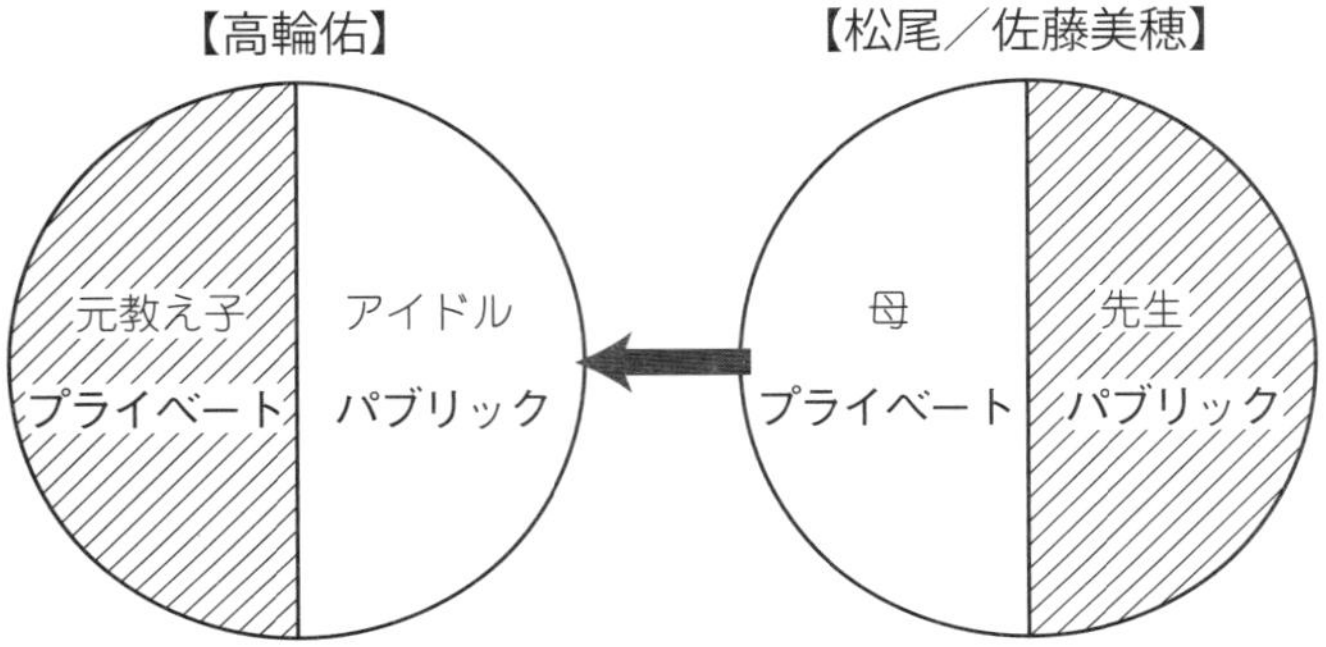

た程度の記憶しかないという状態だったはずなのです。先に引用した「彼の目から見れば、美穂は四十を前にしたおばさんだ。そう思うとなんだかいたたまれない思いがするが、この子相手にそんなことを考えること自体がおそらく図々しいのだろう」という最初の頃の美穂の自意識は、まさしくそうした関係性によるものでした。

ところが、いざ蓋をあけてみると、佑こそがプライベートな立場から、パブリックな存在としての「佐藤先生」を見つめ、そして耳を塞ぎたくなるような非難を浴びせかけてきました。そして、去り際になって、佑はさらに、【図8】のような視線（母としての美穂が、娘といっしょにアイドル・佑を見ること）をやめてほしいと要求してきます。

「ぼくがどこで何をしていても、ぼくの姿をこれ以上見ないでください」

「それは無理だよ。あなた、自分がどれだけテレビに出てる

か知らないの？」

冗談だろうと思った。そう思って半分笑いながらかけた声に、しかし、佑の表情は崩れない。彼が本気で言っているらしいと知って、何度目かわからない戦慄が全身を襲う。半笑いのまま、顔が固まる。

「それでも見ないでください。テレビで観る可能性があるなら、一生テレビを観なければいい。雑誌で見ることがあるなら、書店に行かないでください。ぼくはあなたにぼくを見ていてほしくないんです」

「でも」

娘は「佑の所属するアイドルグループ」「銘ze《メイズ》」のファンだし、佑をテレビで観ない日なんてない。[11]

ここのところにきて、佑は一線を超えてしまいます。私たちの「共感」が、ふたたび美穂のもとに戻り始めるのも、この辺りからでしょう。「それは無理だよ」という美穂の半笑いが物語っているように、今では佑の方がはるかに公共性が高い存在となっているのです。確かに、生徒や児童は、学校というパブリック空間にあって、先生と同様に周りの視線や関係性のなかでパブリックな存在になりもしますし、反対に、誰からも注目されていないときなどは、たとえ授業中であってもプライベートな存在にもなりえます。佑の主張は、それこそ児童のうちであればそれなりの意味をもち得たかもしれませんが、現在のように、国全体を相手取ったパブリック空間に生きているあいだはほとんど不可能に近いものです。

また、現役教師ではありながらも、高輪佑という「元教え子」に対して、やはり「元教師」でしかない美穂にとって、アイドルの佑と会うということは、プライベートの延長から抜け出るものではないのです。

かくして、テレビに映る自分を観るなと主張してくる佑に対して、そんなことを言われても困ると、口には出さないもののしっかりと美穂が開き直るとき、私たちの共感は彼女の方へと向き始めます。そしてその共感は、彼女が娘とのあいだに築いたプライベートな空間のなかで確かなものとされていくのです。

じつは、美穂は物語の終わりまでずっと、娘の目を通して佑を見ています。関連する箇所を追ってみましょう。

・佑が来校する前

美穂は今朝も娘から「サインもらってきてよ！　ママだけずるい！」と言われたばかりだ。

↓

・撮影が終わり、佑に話があると言われて

家に帰って今日のことを話したら、娘はさぞ驚き、喜ぶだろう。ママずるい、とあの子にまた言われるところが想像できる。

↓

・「ぼくはあなたにぼくを［テレビでも雑誌でも］見ていてほしくない」と告げられて

今朝、家を出る時までは、娘のために佑のサインをもらえたらいいなんてことを考えていられたのが、信じられないくらい遠い記憶に思える。

↓

・佑が学校を去ったあと

娘になんて言おう。

二人で話したよ、とそれだけ、言おう。私のこと、覚えててくれたよ、とそれぐらいは付け加えてもいいだろうか？[12]

パブリックな存在（＝「佐藤先生」）とプライベートな存在（＝「パッとしない子」）の対面（【図7】）だと思っていたのは、じつは佑だけで、美穂の方は、終始、「娘」というプライベートな存在を介して、パブリックな存在である佑に向きあっていたのです（【図8】）。

◉パブリックとプライベートがうまく棲み分けられない学校

まとめます。美穂と佑の行き違い、すなわち「嚙みあわない会話」は、パブリックとプライベートがうまく棲み分けられない学校という特殊な空間だからこそ生じたものでした。太宰治が有明淑の日記を元に描いた「女生徒」の自意識は、パブリックな存在である「小池／小杉先生」を批評するものでしたが、辻村深月の作品では、そうした生徒が先生を眺めやる視線というものが、アイドルとそのファンの母、という設定によって見事にひっくり返されています。これらのことを参考に、あらためてF先生のいう「先生である以上、嫌われることは避けられないのでしょうか」という質問に答えるとするならば、まずは「それもまた仕事のうちです」と言ってしまうのが妥当のようです。その上で、嫌われることも好かれることも、どちらも絶対的な評価ではないということを肝に銘じ、むしろ一人の人間を嫌ったり好きになったりしなくてはならない生徒や児童たちの不安定な状態にこそ心を砕くべきなのです。

「二人で話したよ、とそれだけ、言おう。私のこと、覚えててくれたよ」という美穂の言葉は、「ダメな教師」の強がりなどではありません。大事なことは、「元教え子」と確かに話した、そして彼は自分のことを「覚えていた」という事実を忘れないこと。たとえベテランと呼ばれる先生でも、「若い先生」だった頃より教師としての死角が減った分、生徒からのちょっとした批判に、かえって傷つきやすくなっていたりもします。そんなときに必要なのが、プライベートの充実であり、学校を離れて「先生」という服を脱ぎ捨てるような時間や関係の確保なのでしょう。

パブリックな存在としての自覚をもち、責任ある立場を全うするためにも、疑心暗鬼になるのはやめて、プライベートな立場から自分がどのように世界を見ているかを、今一度、文学作品を読みながら考えてみてはいかがでしょうか。

【コラム】そのとき生徒は③「一対一という幻想」

◎古川日出男の「ルート転校生」

教室という独特な時空間にあって、いつまでも年齢の変わらぬ生徒たちを前に一人年老いていく教師は、大人であることを人一倍自覚しながらも、同時に、大人であることの意味を見失っていきがちです。

そうした日々において、あるとき教師は、一クラスを構成している生徒一人ひとりが、以前に感じた「一人ひとり」と微妙に違っていることに気付きます。きっと、自分という個を物差しにして、目の前の生徒の個を推し量ることが難しくなるのでしょう。

> じつは一と二のあいだに、二と三のあいだに、三と四のあいだに、数がある。しかもそれは、分数じゃないんだ。だから、だから……。そんな無理数の転校生が来たら、先生はすこし、困る。しかしな、名前はつけられるよ。ルート転校生だ。(1)

古川日出男の連作掌篇集『４４４４』に登場する、「安東先生」の言葉です。一読しただけでは、捉えどころのないシュールなセリフですが、私たちは教師生活のどこかの段階で、教室内における「無理数」の存在のひしめきというものを意識するようになるものです。それは転校生や編入生といったイレギュラーな存在によってのみ知らされるのではなく、たとえば生徒が答えに窮してしまったりするときにも感じられます。

先生は意外なようにしばらくじっとカムパネルラを見ていましたが、急いで「では。よし。」と云いながら、自分で星図を指しました。(2)

宮沢賢治の『銀河鉄道の夜』にある、「午后の授業」の一場面です。このとき、先生が対峙しているカムパネルラは、「一人」という単位では到底把握できない存在——ジョバンニのことを思い、クラス全体の雰囲気を思い、それでいて孤立無援をひしひしと感じている——そんな一でも二でもない「無理数」のような存在になってしまっているのです。

ところで、一対一、ではなく、一対無理数、という奇妙なコミュニケーションを強いられるといった意味では、このような教師と生徒の関係は、作家と読者のそれに似ているのかもしれません。つまり、一冊の本がどれだけ売れても、その部数が読者の個体数と一致することはありませんし、読者の反応がすぐには聞こえない以上、作家もまた「では。よし。」と言って次なる物語を始めなければならないからです。

◎作家と教師の倫理観

佐々木敦との対談集『「小説家」の二〇年「小説」の一〇〇〇年』には、教師の立場に立った古川の、「学校」というものに対する発言が記録されています。

古川　たとえば創作学校的なあり方とか、教育のあり方っていうのは、ＡＢＣからＺまで積み重ねてアルファベット全部をマスターすれば、それによって言葉を操れるわけだから小説もその延長線上で書けるはずだっていう。でも（中略）全部積み重ねて、すべてのスキルを使えるようになればこういう小説が書ける、というボトムアップ式では、無理なんですよ。（中略）

佐々木　古川さん、小説家学校とか先生できないですね。

古川　できるんですよ、ウソつけるから。そのときは信じるしかないじゃないですか。[3]

たとえ仮定の話ではあっても、「小説家学校とか」の先生になった古川が、ウソをつく自分を信じるしかないと腹をくくって教壇に立つ姿は、とても興味深いものがあります。もちろん、ここでの「ウソ」とは、小説の書き方であれ作品そのものであれ、そのなかで「ほんとう」と呼びうるものが、この世にたった一つしかないように教え、伝えようとする態度のことであり、これはまさしく、作家的な倫理観に由来するものです。

そういう意味では、『４４４４』の安東先生もまた、腹をくくっています。彼は自分のクラスを「一」として捉えようと全力を尽くしながらも、そうした努力がじつは、「個」をないがしろにした教師の「全体」志向の現れに過ぎないことにも勘付いています。だからこそ彼は、児童の前で唐突に、「ルート転校生」という新しいウソ（＝フィクション）を語り始めるのです。

文部科学省の学習指導要領によれば、「無理数」（円周率をのぞく）や「ルート」という言葉が教科書に登場するのは、中学三年生です[4]。そのため、小学四年生の担任である安東先生は、この問題そのものに取り組むことで「指導要領」というマニュアルをとび越えているわけですが、同時に注目すべきは、可能性として教室に現れるこの転入生は、「ルート転校生」という名前を付けられることで、その存在そのものが、指導要領をとび越えているということなのです。

人間とは、もちろん簡単に規律化されるものではなく、そうされるべきではありません。では、はたして理想の学校とはどういうかたちをとるべきか。そうした疑問への一つの回答として、古川は「ただようまなびや」というものを立ち上げました。公式サイトに掲げられた「ただようまなびや宣言[5]」

には、「夏の1日か2日のあいだ、ご入学ください」といった「学校長　古川日出男」の言葉があります。校舎を固定せず、修業期間も限定的なこの教育活動のゴールは、きっと、学生のみならず、教師自身の「個」すらも解体され、「ただよう」ような地点への到達に違いありません。

◎教育にとっての魔術

古川作品と教育の類推をさらに進めると、古川が作家生活二十周年記念の一環として発表した自選作品集『とても短い長い歳月』のなかに収められた『４４４４』からの一篇、その名も「どうやったらプールでうなぎを養殖できるか？」は、まさに古川流の教育論だと言えるでしょう。


そして金網ごしに小学校のプールが見える。雨を吸い込んでいるような、いっぱいの雨滴を〝ゴール〟として捕まえているようなプール。その水面の波紋が（一瞬もおなじ形にとどまらない）、ほんの何メートルか先に見える。

「ほら」とわたしは言う。

「プール」と弟は言う。

「淡水だね」とわたしは言う。

弟はなんだか思索する。考え込んでいるのが波動みたいにわかった。それから、口を開いた。

「ねえ、プールでうなぎ、養殖できる?」

「できるかもよ」とわたしは答えた。

「どうやったら?」

「方法?」

わたしの目は、弟は通わなかったけれどもわたし自身は通学していたそこの、校舎のシルエットを見る。あるいは校庭を。校庭の隅の、むしろ体育館の区画に属しているような焼却炉を。全部、雨に煙っている。

「うん、方法」と弟がしっかり尋ねる。

だから、わたしもしっかりと答える。

「魔術で」と。[6]

プールでうなぎを養殖するといった半人工半自然の営みとは、教室で人を育て、書物で人を育てることの大いなる比喩となります。もちろん、ただ校舎があるだけでも、ただ教科書があるだけでも、人は育ちません。

雨に煙るプールを前にした少女は、うなぎの淡水養殖に必要なのは、「魔術」だと断言しました。きっと、教室での教育に必要とされるのも、同様の魔術なのでしょう。それは、無理数のような存在たちを、血の通った物語のなかに解き放つ想像力、といい換えても良いかもしれません。

私たち教師は、たとえルート転校生のような存在を前に言葉を失ったとしても、あえて大人たる自分を鼓舞しながら「では。よし。」と言い、そうやって、子どもたちとのあいだに横たわる銀河を（縮小させるのではなく）いっそう豊かに押し広げてあげなくてはならない——。きっと、そうした日々の取り組みこそが、教師が小説家の力を借りて会得すべき、文学という名の魔術なのでしょう。

第7章　世代論が苦手です

【M先生の質問】

職場の上司と生徒の話をすると、二言目には「俺たちの時代は」とか「私たちの頃は」といった話になり、それがずっと嫌でした。自分たちの過去を美化しているというか、自分の無理解を時代のせいにしているというか、とにかく、自分だけはそうしたことを口にしないでいたいと思ってきました。ところが最近、同年代の教師たちが、ことあるごとに「自分たちの頃は」と言うようになってきて戸惑っています。一番困るのは、彼らの言葉に心のどこかで共感している自分がいることで、このままだと、知らないうちに自分もかつての上司のように「それに比べて最近の子どもは」と愚痴を言うようになってしまうかもしれません。どうしたら良いでしょうか。

◉世代論は愚痴の闘争？——椰月美智子『市立第二中学校2年C組　10月19日月曜日』

先生といえども、たいていは組織のなかで働くものであり、組織というのはふつうさまざまな世代によって構成されているものです。そして、異なる世代の知恵や経験を総動員して「今」の問題に向きあい、さらにはより良い「未来」を模索する——というのが理想となるのでしょう。

ところが、現実はなかなかそうはいきません。

作家の吉田修一は、とあるエッセイでこんなことを言っています。

僕にとって世代論のイメージは、「最近の若いもんは」に象徴される上からの愚痴と、「時代が違うんだよ」に象徴される下からの愚痴との闘争で、どこかで美輪明宏さんが仰っていたそうだが、「そんなもの、『枕草子』の時代（千年も前）からあったのよ」にすべて回収されてしまう気がする[1]。

なるほど、世代論がときとして不毛に思えて仕方がないのは、それが上と下からの「愚痴」の小競りあいだからかもしれません。

組織に生きる者として、ガス抜きとしての愚痴もときには必要でしょう。しかしながら、こと教育の現場では、そうした小競りあいの弊害は、教職員のみならず、「今」を生きる子どもたちにも及んでしまうものなので注意が必要です。

いささか「下の世代」よりの視点ではありますが、椰月《やづき》美智子の青春小説『市立第二中学校2年C組 10月19日月曜日』には、そうした弊害をもたらすであろう世代間のやりとりが描写されています。

「北村先生なんかはお若いから、中学時代なんてまだまだ最近のことでしょう？　どう思う？いじめについてさ」

どう思う、ときたか。まわりの先生方が少しだけ気の毒そうな顔をおれに向ける。けど、矛先が自分にこないで、内心はホッとしてるんだろう。

「ねえ、北村先生、わたしが今言ったこと、まちがってる?」

すげえ同意の求め方。パワーハラスメントにあたるかも。

「いえ、僕も同感です。僕の時代だっていじめはありましたよ。今みたいに世間で問題になりはじめたのは、もしかしたら、僕が中学生の頃だったかもしれません」

「ふうん、確かにそういう年代かもね。自殺はどう?」

「いじめによる自殺が出はじめたのも、僕が中学生の頃くらいからだったと思います。マスコミに取り上げられるようになって世間に知れ渡りました」

「へえ。北村先生いくつだっけ? え? 二十六? ひゃあ、若い若い。じゃあ、北村先生がいちばん生徒の気持ちがわかるんじゃない? 歳が近いしさ。いじめる側だけじゃなくて、いじめられる側も悪いっていう意見もあるけど、どう思う?」

今、あんたがおれにやってることがいじめなんだけどな。(2)


ここでやりとりされているのは、表向きは「教育論」で、実際は教師同士の「世代論」です。年長の教員が口にする「北村先生がいちばん生徒の気持ちがわかるんじゃない?」というセリフは、裏を返せば、「世代が上になった自分には、もはや今の生徒の気持ちなどわかるわけがない」という開き直りとも考えられます。ぞっとしますが、このような態度で授業に臨まれては、同じ学校組織の人間として生徒に顔向けできません。

ところで、冒頭のM先生の質問の最後には、「一番困るのは、彼らの言葉に心のどこかで共感している自分がいることで、このままだと、知らないうちに自分もかつての上司のように『それに比べて最近の子どもは』と愚痴を言うようになってしまうかもしれません」という悩みが書かれていました。そうです、世代論の難しさは、「(上とは)時代が違うんだよ」と突っ張っていたはずの世代が、気が付けば下の世代に対しても「君たちとは時代が違ったんだよ」と主張しかねないところにあります。「下の世代」から「上の世代」へ。こうした移行は、担任のような「現場」から、校長のような「管理職」へのそれとして置き換えられることがしばしばです。現場からの距離が遠くなることは、そのまま子どもとの距離が遠くなることをも意味しますが、ということは、自分より「下の世代」の方が、相対的に子どもとの距離が近いということにもなりかねないのです。

◉管理職にはなりたくない?——石田衣良『5年3組リョウタ組』

教師というのは、教育が仕事です。ところが、この教育というのがいったいどこで行われているのかというと、簡単には答えられません。

もちろん、教育が目に見えるかたちで行われているのは「教室」です。ですから、そうした現場に立ち続けることに、多くの教師がこだわりをもつことはきわめて自然なことです。ことに、先生を主人公にした小説が「若さ」を前面に押し出しているとき、その先生が折に触れて「将来は管理職希望」と口にしていたら読者はきっと白けてしまうに違いありません。[3]

石田衣良の新聞小説『5年3組リョウタ組』では、まさしくそうした読者の期待を裏切らない、「若い先生」が描かれます。中道良太という、その先生の「将来の夢」はこんな感じです。

「中道先生は将来の夢があるんですか」

良太はあまり先のことを考えるタイプではなかった。教職課程をとったのも、教師になったのもなりゆきである。小学校の教師にどんな夢が見られるのだろう。このまま仕事を続けていくのはいいが、管理職にはなりたくなかった。校長や副校長の仕事は、横で見ていてもうんざりするほど煩雑で、子どもの教育とは無関係なことが多かった。こたえに詰まっていった。

「いや、とくに夢とかはなくて。教師の仕事はいいとは思うけど。将来はわからないな」[4]

東京から新幹線で一時間半ほどのところにあるという希望の丘小学校に着任した中道良太は、今年で三年目。とりたてて熱血というわけでもないけれど、いざクラスや学校全体に問題が起こると心を

込めつつも体当たりで問題を解決していき、次第に同僚や上司の信頼を勝ち取っていく……というのが物語の大筋です。

良太は、管理職というものに対してあまり良い感情をもっていませんが、それは管理職が自分に不向きであるからというだけではなく、「子どもの教育とは無関係なこと」を彼らが行なっていると考えているからです。そうしたある種の偏見は、次のように、上の世代の教師に対しても、その教師が管理職に就かなかったという理由だけで、良太にとっては世代を超えた共感に結び付きます。

4年生の学年主任、九島秀信《くしまひでのぶ》にここと温厚そうな五十代の教師が腰を低くしてはいってきた。4年生の学年主任である。九島は4年生の学年主任をしているが、希望の丘小学校に着任して、まだ二年目だった。この学校では良太よりも日が浅いのだ。もう五十代だが、管理職試験を受けようとしないので、まだ普通の教員をしている。その気もちは良太にもよくわかった。教室で子どもたちと勉強するほうが、部下の教師を管理するよりもずっとやりがいのある仕事だ。(5)

ここでは、良太の共感は、「普通の教員」の一点に向けられています。動機はどうであれ、すでに「先生」になってしまった良太は、将来のビジョンが描けない若者というよりも、すでにその「将来」に到達してしまっているのです。今すでに「普通の教員」であり、この先もその「普通」を続けていく

ことが、先生としての誠意の示し方だと言わんばかりです。

とはいうものの、あくまで自分を「部下の教師」に位置付けている以上、良太としても、また物語全体としても、「中道先生」が上の世代からの信頼を勝ち得る、ということは（目標ではないにせよ）喜ばしいこととして語られます。

『5年3組リョウタ組』では、児童、学年主任、同僚、児童の家族……といったさまざまな学校関係者がトラブルに巻き込まれたり、あるいはトラブルの原因そのものになったりしますが、良太は文字どおりこの希望の丘小学校の「良心」として事件解決に奔走します。そして、物語の終盤には、校長からもそこそこの評価をもらうようになるのです。

「見事だった、中道先生」

小柄な校長は見あげるようにして、握手を求めてくる。良太は厚みのあるてのひらをにぎった。目を赤くした校長が笑いながらいう。

「きみの茶髪も、アクセサリーも、あまり気にはくわなかったが、今朝はよくやってくれた。案ずるより産むがやすしだな。むずかしい事態でも、誠実正直な対応が人の心を動かすことがある。いくつになっても勉強だ」

それだけいうと、良太の返事も待たずに、背筋をぴんと伸ばして、ステージの階段を駆けおり

ていく。(6)

この引用からもお気付きのとおり、この小説のなかで世代間ギャップの象徴となるのが、良太の「茶髪」（春休みに「ほんのすこしだけ茶色」に染めた）と「アクセサリー」（「ごつい銀製で大好きなドクロ」のネックレス）です。ただし、彼の同世代である染谷という「エリート教師」の服装はジャケットとネクタイという模範的なもので、それゆえに良太のファッションが必ずしも若さゆえというわけではないのですが、こうした服装の選択にも「普通の教師」と「管理職」の対立が重ねられていきます。

小学校教師のユニフォームは、全国的に体操用のジャージだった。子どもたちと一日すごすのはタフな汚れ仕事なのだ。染谷のようにジャケットでとおすのは、管理職以外ではめったにない。(7)

小説において準主役的な活躍を見せる染谷ですが、彼は最後まで、この管理職的ファッションを崩すことなく良太との「相棒」関係を築いていきます。作家の巧みさは、このように世代と個性のズレをバランスよく書き分ける点に特に発揮されますが、「管理職志向の教師」と「現場志向の教師」という対立が、同世代の教員間にもファッションを介して応用されていることは注目に値します。

『5年3組リョウタ組』では、「普通の教師」であることを良しとする「若い先生」を主人公にして

【図9】

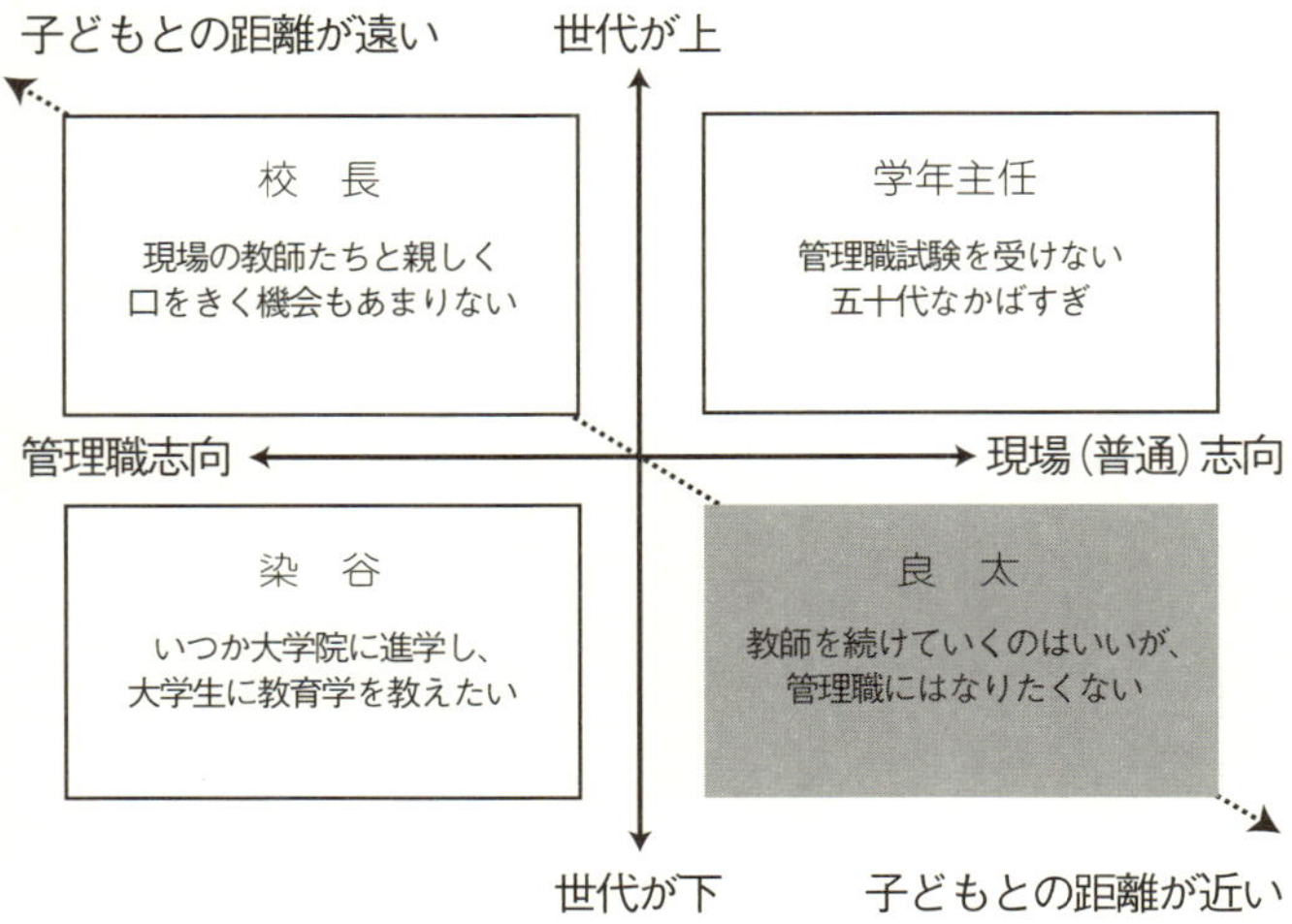

いる分、物語が単純な世代論になってしまわないよう、さまざまな工夫が凝らされています。染谷と良太の服装の違いもそうした工夫の一つなのですが、その結果として、学校における「上」というものが「管理職」という言葉によって一括りにされ、対する「下」は「子どもとの距離が近い」という立場というように単純化されてしまいます（【図9】）。こうした上下関係の把握に、若干の不安が残るのは、学校という組織における「下」のさらなる「下」に子どもたちが置かれかねないからです。

◉河合隼雄の説く「権威」と「権力」の違い

管理職志向と現場志向の対立は、学校小説に限らず、警察小説やサラリーマン小説でも頻繁に描かれます。「権力」をもつ者ともたざる者の対立は白黒が付けやすく、ことにもたざる者への肩入れを誘う物語は、広く読者の共感を呼ぶからでしょう。
臨床心理学者の河合隼雄のエッセイ集『こころの処方箋』には、こうしたアンチ権力志向が、そのまま「権威アレルギー」と呼ぶべき傾向を生み出しているという指摘があります。「権力と権威とは区別して考えた方がいい」とする河合は、「権力を棄てることによって内的権威が磨かれる」と呼びかけるのですが、そのときの具体例が、〈生徒に困った質問をされた中学校の先生〉であるのは故なきことではありません。

ところで、生徒の誰かが質問をして、その考え方が意表をついているため、教師が困ってしまうときがある。そんなときに、「馬鹿な質問をするな」と頭ごなしにそれを無視しようとすると、生徒は黙ってしまうかも知れない。このとき、教師は権力によって自分の権威を守ったつもりでいるのだが、生徒からすれば、教師の権威が失墜したことは明瞭なのである。(8)

このように河合は、教師のもつ「権力」と「権威」を区別します。右の引用では、「頭ごなしに」生徒の質問を否定することが「権力」の行使とされ、たとえその場は答えに窮したとしても翌週までに調べてきて教えるということが、教師の「権威」を高める努力であるとされます。つまり、みずからの「権威」を守り高めるためには、ときとして人は「権力」を棄てることをしなければならない、というのです。

河合はさらに続けます。

自分は権力などに関心がないとか、大嫌いという人はあんがい多い。そして、権力とともに権威まで棄てようとするために、自分の存在を失って不安になっている。その不安を解消するために、急に妙なところで権威者ぶろうとしたり、権力にひそかにしがみついたりしている人は実に多いものである。(9)

さて、ここまでの河合の論を、先の石田衣良の小説に重ねあわせてみると、何か新しい視点が得られるような気がしませんか？　そう、あの中道良太先生の「管理職志向」に対するアレルギー反応には、どうやら「権力」と「権威」の混同が原因としてありそうなのです。

もう五十代だが、管理職試験を受けようとしないので、まだ普通の教員をしている。その気もちは良太にもよくわかった。教室で子どもたちと勉強するほうが、部下の教師を管理するよりもずっとやりがいのある仕事だ。(10)

もう一度、この引用箇所を読んでみてください。「部下の教師を管理する」という行為は、良太の目からすれば「権力」の行使なのでしょう。髪を茶髪にし、ドクロのネックレスを好む「若い先生」にとって、そうした権力がまったく魅力的に映らないのも納得できます。ところが、良太の権力嫌いは、そのまま権威アレルギーにスライドしていて、「管理職」というポジションを全うしようとする教師たちの、教育者としての権威といったものに考えが及んでいないのです。

教育者の権威とは、要するに、本書が最初から主張している「先生であること」を自認することから生じるものです。自分はまだ教師としては半人前だと自分を責めたり、この学校を健全に運営していくだけの手腕が己にあるかと自問したりするより先に、すでに自分は「先生」というパブリックな存在になってしまっているということを認め、失敗しても成功しても「先生」として行動をし続けることこそが、河合の言う「内的権威」を磨くことにつながるのでしょう。

最終的には良太も、校長のもつ「権威」を認めるようになりますが、それでもやはり、彼のなかで「管理職」というものがちらつかせる「権力」と「権威」の関係は、はっきりとは区別されぬままです。そしてもちろん、管理職志向の教師に対する認識がそのような状態にある場合、みずからの現場志向についても、なかなかすっきりとした解釈をもつことは難しいのでしょう。

こうした良太の自己認識の混乱は、小説の結末にも影響を与えます。というのも、良太が最後になした大仕事は、年度末の「到達度試験」に熱を入れ過ぎた児童たちの暴走を食い止めるために、教師としての仕事の一つを放棄する、すなわち、試験を受けさせずに、児童といっしょに教室を飛び出すことであったからです。

「いいか、みんな、今日はテストは……」

百枚以上の再生紙はかなりの厚みだった。良太は胸のまえに試験用紙をあげると力まかせにじりじりと引き裂いていった。子どもたちはあまりのショックで無言になってしまった。沈黙の教室にテストを裂く音だけが響いていた。ふたつになった試験用紙を教壇のうえに放ると、良太は肩で息をしながらいった。

「……これで、おしまいだ。5年3組はクラス競争から抜けることにした」

学級委員が目を丸くしていった。

「でも、先生、そんなことしていいんですか」

良太は笑った。きっとあとで学年主任や副校長からひどくしかられることだろう。

「いいんだ。このクラスのことは、先生にまかされているから」(11)

もちろん、これは完全なるフィクションであり、エンターテインメントであり、そして何より、良太という「青年」の心の成長を学校を舞台にして描いた物語です。ですから、こうした結末を素直に受け止め、ぱあっと現実を忘れることも読者には許されているはずです。ですが、奇しくも良太自身が同僚に漏らしているように「つくりものの世界」は「できすぎているような気がして」しまうのも事実です。

ことに、右の引用の最後にある「このクラスのことは、先生にまかされているから」という決め台詞は、本人も薄々気付いているように、教師のもつ「権力」を放棄するふりをして、それよりもさらに身勝手な「権力」を行使しているに過ぎません。

◉型破りな教師の定石

「『棄てた棄てた』と言いながら、権力の座に居坐り続けたり、無意識的、半意識的に権力を行使したりするのは、始末が悪いと思われる」といった河合隼雄の辛辣な指摘にもあるとおり、年度末の到達度試験を引き裂いてしまう良太のパフォーマンスは、教師側の自覚なき権力の行使であると言えそうです。

かくして上の世代、管理職志向、そういったものに対する良太の偏見は、ひるがえって、彼自身のもつ「権力」を暴走させ、同時に、彼が磨き高めるべき先生としての「権威」を低下させてしまいます。もちろん、物語は決して悲観的な終わり方をせず、同世代の染谷からの管理職的な評価（「結果はクラス競争の順位ではなく、子どもたちの顔にでるんじゃないかな」）とお叱り（「でも、今回のように反則負けじゃダメだ」）を同時に受けた良太が、新しい一歩を踏み出していくところで幕となります。

ですが、「先生」としてこの小説を読み通す場合、私たちはやはり、この中道良太という「先生」が、世代論から派生する大きな偏見——すなわち、「上の世代」は権力に近く、「下の世代」は子どもに近い、という誤解に足をすくわれていることを見逃してはなりません。とある事件で報道記者と知りあった良太は、その男とこんな会話をしています。

「なんだか、良太先生って軽いですね。髪の色と同じだなあ」

若い男性教師で茶髪なのは、希望の丘小学校でひとりだけだった。そういえばスターリングシルバーのネックレスもそうかもしれない。

「ええ、ぼくはあまり立派なことが好きじゃないんです。教師だからって、等身大の自分よりも立派なことを子どもたちにいいたくないですよ。記者さんも、ときどき感じませんか。なんだか、自分は正しすぎることいってるなあって」[12]

この会話が重要である理由は、一つには「等身大の自分」という良太の言葉が、「茶髪」や「ネックレス」の表す「軽さ」や「若さ」によって説明されていることにあります。管理職の眉をひそめさせるこれらは、真っ先に良太から「権威」を奪い、そのあとに良太は、「立派なことが好きじゃない」

と言って教師の「権力」を棄てようとします。きわめてマイルドなかたちではありますが、これは、多くのドラマや漫画が描いてきた「型破りな教師」というものの定石を踏んでいるのです。

さらに、この会話が重要である二つめの理由は、良太が最後に、マスメディアの立ち位置と教師のそれを、なかば同質のものとして考えていることです。これは、辻村深月の短編「パッとしない子」でも詳しく分析した問題ですが、メディアのなかの存在として公共空間に姿を現すとき、その人は（報道記者もアイドルも、そしてテレビに映った教師も）その人自身の「パブリック」な側面だけで勝負しなければなりません。もちろん、彼らの「プライベート」は厳然として存在するし、それをないがしろにしたり犠牲にしたりして良いわけではありませんが、それでも、パブリックな存在としてパブリックな空間に立ち続けるあいだは、「等身大の自分」というものは原理的に存在しようがないのです。

きっと問題の本質は、「茶髪」や「ネックレス」にあるのではないのでしょう。むしろ、「茶髪」や「ネックレス」を「権威の放棄」というふうに結び付ける物語学的な所作の方が、問題なのです。

物語の始まりに「権威の放棄」があり、それに続けて「権力の否定」が宣言されるとき、「先生」という存在の本質――それはパブリックな空間に開かれた存在であり、すでにして生徒に対する「権力者」です――は極度に薄められてしまいます。

『5年3組リョウタ組』の場合、校長は記者会見を良太に一任することでみずからの「権力の否定」を行いますが、それはやはり責任放棄と紙一重の判断であり、管理職としての業務を現場に押し付けるという、新たな「権力」の行使となります。そして、すでに見てきたように、良太の側の「権力の否定」は、学校と児童のとりきめである「到達度試験」を放棄させるという「権力」の行使によって実現するのです。

かくして、学校内での世代論の最終的なしわよせは「子どもたち」にいきます。私たち教師は、普段あまり認めたがりませんが、「上の世代」と「下の世代」と「さらに下の世代」という三段階の構造が教育の現場にはあることを、改めて認識しなければならないのです。

◉世代論は「権力者」であることの不安を裏返したもの

まとめましょう。M先生の質問にあった「自分たちの頃は」という常套句は、教師にとって、下に二つの「わからない世代」を作ることを意味します。このとき、「子ども」や「生徒」という、教師にとってもっとも重要な存在すらも「わからない世代」に貶めてしまうことはあまりに軽率だと言わざるを得ません。ですが、同時に、「自分だけはそうしたことを口にしないでいたい」というM先生の思いもまた、再考する余地があると言えそうです。

なぜなら、自分のことを「先生である」とみなすということは、「権威者」かどうかという判定を待たずに、みずからを「権力者」であると認めることだからです。その権力は、否定しようとして否定できるものではありません。否定したつもりでも、良太のケースのように、簡単に別の新たな権力に、それはかたちを変えるだけだからです。

世代論は、たとえ無視を決め込んでも、どうしても私たちの心に入り込みます。世代論というのは、結局のところ、自分が権力者となっている不安の裏返しなのです。ですから、世代論を肯定するか否かではなく、先生である自分が「権力者」であることを自覚し、子どもたちにこれ以上のしわよせがいかぬよう、きちんとその権力の行使の仕方を考えていくことが、学校の先生には求められているのです。

おわりに

夏目漱石の「坊っちゃん」が初めて教壇に立ってから、すでに百年以上が経ちました。その間、日本の教育環境は幾度となく変化を強いられてきましたが、こと「先生」という立場については、変化したことよりも変わらずにあることの方が多いようです。『二十四の瞳』の教室風景、『銀河鉄道の夜』の授業内容、「空罐」の生徒対応。そうしたものを「先生視点」によって精読するとき、浮き彫りにされるのは、現代の教育現場にも見出せる「先生であること」の葛藤そのものでした。

先生とは何か。これを考えるとき、ふつうは「教師と生徒」、あるいは「教師と保護者」といった二者の関係性が軸とされます。ですが、私が本書で試みたかったのは、「先生の、先生による、先生のための教師論」といった、「先生」の複数性にとことんこだわる議論でした。架空の先生の質問に現実の先生である私が答えてみせるといったQ&A方式も、こうした議論を実現するのに一役買ってくれたはずです。

それではなぜ、先生を複数化する必要があったのか。その理由はいたってシンプルです。単数としての「先生」は抽象概念に過ぎず、放置しておくと、いつしか絶対的であることを目指し始めてしまうからです。それは一個人のなかでも、学校教育全体でもあっても同じで、「先生らしさ」という鋳型をあらかじめ作り上げ、そこにみずからを流し込むということを、私たち教師はしてはならないのです。

「虚構の、虚構による、虚構のためだけの理論」というものを夢想したのは、筒井康隆の大学パロディ小説『文学部唯野教授』[1]でしたが、私が本書で実践しようとした「先生の、先生による、先生のための教師論」とは、ひょっとしたら、この「唯野先生」と同じような欲求に突き動かされてのものだったのかもしれません。「先生」とは、複数性をもったフィクションです。現実と虚構双方の「先生」たちを区別することなく、彼らのあいだに自由闊達なネットワークを築き上げることは、きっと今後の教育の発展にも意味をもつことだと信じます。そのためにも、巻末には「先生の見本」と題した引用集を載せました。教育現場で起こりがちなシーンにあわせた作品を、日本文学編と海外文学編に分けて紹介しています。古今東西の小説より選りすぐった「先生」たちとの、新たな出会いを楽しんでいただければと思います。

本書は基本的に書き下ろしですが、コラム「そのとき生徒は③」だけは、文芸誌『すばる』二〇一九年三月号初出のエッセイを大幅に加筆改稿したものです。これは、前年の十二月一日に明治大学で開催された特別シンポジウム「古川日出男、最初の20年」（司会・管啓次郎）に基づくもので、同誌には「『では。よし。』と彼は云う」というショートバージョンが載っています。

古川日出男の作家二十周年をお祝いするこのイベントで、作家本人を前に何をスピーチして良いか悩んだ私は、結局、「古川さんが作家として歩んでこられた二十年間を、私は、塾講師や大学教員という『先生』として生きてきました」という話をすることに決めました。ただし、そこにはいっさいの「比較」はありません。日本に生きる現代小説家として全力で創作に打ち込んでこられた古川さんの人生と、小学生から大学院生に至る多くの教え子たちとともに過ごしてきた私の人生が、同じ時代の同じ二十年間にしっかりと収まっているという事実が、ただただひたすらに嬉しかったのです。

かくして、本書の執筆には、古川さんをはじめ、同シンポジウムにご登壇された方々、司会の管啓次郎先生、さらには、私の所属する大学院組織「総合芸術系」および学部組織「総合文化教室」の先生方との交流が不可欠でした。この場を借りて御礼申し上げます。

一人の教え子として、私の大学院時代の恩師である巽孝之先生、折島正司先生、ならびに、学部時代の恩師である上西哲雄先生、土田知則先生、そして、小学校から大学院へと歩み続けるなかでお世話になったすべての先生方に、心より感謝申し上げます。

また、本書の構想時に相談に乗っていただいた青柳諒子さん、本書の引用箇所をともに読解してくれた明治大学理工学部の学生のみなさんにも感謝の言葉を。本当にありがとう。

編集は、前著『映画原作派のためのアダプテーション入門』でもお世話になった、林田こずえさんにご担当いただきました。小鳥遊書房という、若く希望にあふれる出版社にて、ふたたびごいっしょできた幸運に感謝しております。

最後に、教えることと教わることのすばらしさを、いつも同時に教えてくれる家族に、本書を捧げます。

波戸岡 景太

註

＊引用・参考文献の書誌情報もここに含めます。

はじめに

（1）夏目漱石『坊っちゃん』（一九〇六年初出。新潮文庫、二〇一二年）。

（2）先行研究については後述するが、たとえば、漱石の「坊っちゃん」を「後に言われるようになる〈デモシカ〉教師の走り」（七五ページ）と指摘する綾目広治の研究書『教師像――文学に見る』（新読書社、二〇一五年）は、明治から平成に至る近現代小説を渉猟し、そこに見られる「先生」の姿を、現実の教育状況と比較しながら分析している。

第1章

（1）夏目漱石『こころ』（一九一四年に新聞連載開始。新潮文庫、二〇〇四年）。書き出しは、「私はその人を常に先生と呼んでいた。だから此所でもただ先生と書くだけで本名は打ち明けない」。

（2）谷崎潤一郎『卍』（一九二八年に雑誌連載開始。新潮文庫、二〇一〇年）。書き出しは、「先生、わたし今日はすっかり聞いてもらうつもりで伺いましたのんですけど、折角お仕事中のとこかまいませんですやろか？」。

（3）宮沢賢治『新編　銀河鉄道の夜』（一九三四年初出。新潮文庫、二〇一二年）。

（4）村上春樹『ノルウェイの森』上・下（一九八七年初出。講談社文庫、二〇〇四年）。

（5）『坊っちゃん』、三〇―三一ページ。

（6）久冨善之はその著書『日本の教師、その12章――困難から希望への途を求めて』（新日本出版社、二〇一七年）において、教師同士が互いに「せんせい」と呼びあう文化を「教員文化」の一例としてあげている。「相手が教師に成り立ての新米であろうと、校長もベテランも新人教師を『せんせい』ないし『〇〇せんせい』と呼ぶ。いつどの地域、どの学校から始まった慣習かについて、筆者が知見をもつわけではないが、それが『教員文化』の一つの姿であるとはいえる」（一一一ページ）。このように述べた上で、その「教員文化」に支えられた「教師像」というものが「教師たちの難しい仕事を大いに助けた」反面、「やや家父長主義的(paternal)」という「重大な弱点」をもっていることを指摘している（一一三ページ）。互いを「先生」と呼びあうことへの違和感は、このような旧弊な価値観温存への加担を嫌ってのものと考えることもできるだろう。

（7）田山花袋『田舎教師』（一九〇九年初出。新潮文庫、二〇一三年）、五七ページ。

（8）『田舎教師』の主人公・林清三は、決して熱心な教師ではない。そのため、彼への「共感」そのものを否定するような議論もある。たとえば、佐野美津男は選書『小説のなかの教師』（日本評論社、一九八一年）において、「この小説に触発されて教職をめざしたというような読者もほとんどなく、逆に教職を敬遠したということもなかったのではないかと思われる」との推測をした上で、「当時にあってすでに教職にあった読者には、多くの共感をあたえただろうと考えられるのだが、それは主人公林清三の教職者としての意識や行動にかんしてではなくて、教師という存在、とりわけ地方に在住する教師の生態を詳細に調べあげたという創作以前の姿勢にかかわる事柄である」（四三ページ）と述べている。また、池田功は編著書『小説の中の先生』（おうふう、二〇〇八年）において、林清三が「多くの制約のあった時代」ゆえに理想を追求できなかったことを認めつつも、「しかし、子供は教師を選ぶことはできない、先生がどのような煩悶を抱えているとしても、それは子供には関係がない。子供に向かった時には、教師としての誇りに満ちた接し方をしなければならない。この小説を読んでそのことに気付かされるのである」（七一ページ）と主張する。これらの意見は、それぞれに筋の通ったものだが、「教師の悩み」に注目する本書のような立場からの清三に対する「共感」を否定するものではない。

第2章

（1）『坊っちゃん』、二八―二九ページ。

（2）内田樹はその著書『街場の教育論』（ミシマ社、二〇〇八年）において、『坊っちゃん』における「たぬき」「赤シャツ」「野だいこ」「山嵐」「うらなり」「坊っちゃん」といったあだ名を、漱石による「鮮やかなスケッチ」と呼んでいる（一三八ページ）。「この六類型くらいで教師として学校に必要なタイプの『おおかた』のところは賄えるのではないか」（一三九ページ）。

（3）壺井栄『二十四の瞳』（一九五二年に雑誌連載開始。角川文庫、二〇一三年）、一九―二〇ページ。

（4）同、二〇―二一ページ。

（5）先述した『街場の教育論』において内田は、映画版『二十四の瞳』について、「大石先生がまるで無能な先生だった」ことに驚いたと報告する。「今だったら、教育免許更新のときに免許を剥奪されるのではないかと思われるほどに教育力のない大石先生なのですが、この無能な先生が子どもたちからは『理想の先生』として慕われている。そして、多くの日本人もその評価を受け容れ、それがベストセラーになり、映画化され、観客たちは感涙にむせんだ。映画をみて『なるほど』と思いました。それでいいのだ、と」（一二七ページ）。しかしながら、原作小説における「大石先生」は、それほど「無能」ではないし「感涙」を呼ぶものでもない。やはり先述した『小説のなかの教師』において、佐野は「岬の分教場につとめる若い女教師というキャラクターは、もうそれだけで抒情的な雰囲気を感じさせるから、映像文化的に格好の題材である。だが、そうした抒情性が強まれば強まるほどに、小説『二十四の瞳』は遠ざけられていく」（一一七ページ）のであり、「木下恵介監督によって映画化された『二十四の瞳』も、当時の宣伝文句によれば、『文部大臣も泣いた』ほどの抒情的作品となった」（一三八ページ）のだと指摘している。

（6）『二十四の瞳』、二一一―二一二ページ。

（7）同、二四―二五ページ。

（8）「日本ＰＴＡのあゆみ　第2章　ＰＴＡ活動の定着」（公益社団法人日本ＰＴＡ全国協議会公式サイト〈http://www.nippon-PTA.or.jp/jigyou/ayumi/rkra7f000000g97-att/2-1-1.pdf〉）。「わが国では、アメリカでＰＴＡ運動が始まった年の翌年の明治32年（１９８９）には、すでに、東京市に最初の学校後援会が結成されていた。その後、多くの学校に、後援会、奨学会、父兄会、父母会、母姉会、母の会などの名称による団体が作られた。表向きは教育の振興を目的としていたが、実態的には学校に対する物的援助（公費の補填）が主な役割だった。当時、こうした旧組織の『発展的解消』により、ＰＴＡの結成を図るということが盛んに言われたが、結局は単に名称がＰＴＡと変わっただけで、その内実はほとんど旧組織と異ならないというのも少なくなかった」。ちなみに、ＰＴＡ史研究会編『日本ＰＴＡ史』（日本図書センター、二〇〇四年）によると、昭和二年の段階で、日本女子大学の上村哲弥教授が「アメリカのＰＴＡ運動について講演」（七八四ページ）を行なったという。

(9)湊かなえ『告白』(二〇〇八年初出。双葉文庫、二〇一〇年)。
(10)映画版『告白』(二〇一〇年)を監督した中島哲也は、原作小説について「ものすごくスピーディに読めて、とにかくおもしろかったですね。そして、『この作家さんは勇気のある人だなあ』と思いました。最終的になんの救いも解決も示すことなく、バサッと終わらせているところが」との感想を述べている(文庫巻末インタビュー「『告白』映画化によせて」、三〇三ページ)。
(11)『告白』、六五―六六ページ。
(12)同、七二―七三ページ。
(13)同、一一六ページ。
(14)『二十四の瞳』、二四ページ。

コラム①

(1)『坊っちゃん』、三七―三八ページ。
(2)奥泉光『夏目漱石、読んじゃえば?』(河出書房新社、二〇一五年)、八七ページ。
(3)群ようこ『都立桃耳高校――放課後ハードロック!篇』(新潮文庫、二〇〇一年。文庫書き下ろし)、一三一―一四ページ。

第3章

(1)もちろん、教師のかけ声によって、生徒たちが一斉に授業に集中することは「理想」であろう。だが、そうした理想は、江戸から明治への移行期における「西洋風の教室」の導入とともに生まれたものであることを、苅谷剛彦は、その著書『学校って何だろう――教育の社会学入門』（一九九八年初出。ちくま文庫、二〇〇五年）において指摘している。「もしもだれかが寺子屋で、『前を向きなさい』といっても、子どもたちはどちらを向いたらよいのかわからなかったかもしれません」と述べる苅谷は、「先生から『前を向きなさい』といわれて、からだが自然にピクッと反応するように」なり、「からだにまでしみつくほど、教室の向きが自然にだれにでもわかるようになる」ためには、「学校教育」と「教室という空間の使い方」が、明治期の教員たちに対し、同時に伝えられる必要があったと主張する（四〇―四三ページ）。

（2）林京子「空罐」（一九七七年初出）、『祭りの場・ギヤマン　ビードロ』（講談社文芸文庫、一九八八年）所収、一五七―七四ページ。

（3）同、一七三ページ。

（4）同、一七三―七四ページ。

（5）同、一七四ページ。

（6）現代思想の文脈で「学校」を考察する中井孝章は、その著書『学校身体の管理技術――規律訓練から環境管理へ』（春風社、二〇〇八年）において「普段はほとんど気づかないことだが、一般の授業の自然な秩序そのものさえ、それに参加する教師と生徒たちの不自然な演技によって作り出されている」と主張する。それはつまり、「授業に参加している教師と生徒たちが、各々、自らの欲望に忠実な言動に出てしまうと、たちまち授業そのものが成立しなくなってしまう」からであり、「見方をかえると、役割そのものが否定されるとき、教育関係（人間関係）がその時々の気分や状況性と偶然性（偶有性）にさらされてしまう」ためである（三六―三七ページ）。しかしながら、こうした学校における「役割」は、始業のチャイムとともに始まるわけではないので、子どもたち一人ひとりが「役割」になじむまでの時間を確保することも必要である。中井はまた、こうした「役割ゲーム」そのものが機能しなくなりつつあることにも警鐘を鳴らすが、本書では、そのような個別ケースと、集団への声がけは区別して考えている。

第4章

(1) 中勘助『銀の匙』(一九一三年に新聞連載開始。新潮文庫、二〇一六年)、八七―八八ページ。
(2) 同、一三九―四〇ページ。
(3) 同、一一五ページ。
(4) 伊藤氏貴『奇跡の教室――エチ先生と『銀の匙』の子どもたち』(小学館、二〇一〇年)。
(5) 橋本武『〈銀の匙〉の国語授業』(岩波ジュニア新書、二〇一二年)。
(6) 同、iii―ivページ。
(7) 橋本武「『銀の匙』を教材に」『銀の匙』(新潮文庫、二〇一六年)、二二六ページ。
(8) 『〈銀の匙〉の国語授業』、五一ページ。
(9) 森鷗外『ヰタ・セクスアリス』(一九〇九年初出。新潮文庫、二〇〇一年)、五―六ページ。
(10) 野々上慶一『文圃堂こぼれ話』(小沢書店、一九九八年)には、一九三四年(昭和九年)の秋口に初めて文圃堂を訪れた中原中也との思い出が次のように書かれている。「私は当時、文圃堂という本屋を営み、かたわら『文學界』の発行、単行本の出版などをしておりました。『宮沢賢治全集』を最初に出したのもうちで、中也は高村光太郎さんが表紙を描いてくださったそれをたいへん気に入ったようで、ぜひうちで、詩集を出してほしいというのです」（七一―七二ページ）。
（11）『新編　銀河鉄道の夜』、一八五ページ。
（12）高橋源一郎『銀河鉄道の彼方に』（集英社、二〇一三年）、一二ページ。
（13）同、一五ページ。
（14）畑山博『教師　宮沢賢治のしごと』（小学館文庫、二〇一七年）、二八―三〇ページ。
（15）『新編　銀河鉄道の夜』、二〇一―〇二、二四九、二五二ページ。

コラム②

（1）『銀の匙』、一六二―六四ページ。
（2）宮沢賢治「或る農学生の日誌」、『宮沢賢治全集』第七巻（ちくま文庫、一九八五年）所収、五一―五二ページ。
（3）山本正身『日本教育史――教育の「今」を歴史から考える』（慶應義塾大学出版会、二〇一四年）、一五二ページ。
（4）太宰治「女生徒」（一九三九年初出）、『走れメロス』（新潮文庫、二〇〇五年）、九九ページ。
（5）与謝野晶子『私の生い立ち』（一九一五年に雑誌連載開始。岩波文庫、二〇一八年）、一四―一六ページ。

第5章

（1）重松清「白髪のニール」（二〇〇七年初出）、『せんせい。』（二〇〇八年初出、『気をつけ、礼。』改題。新潮文庫、二〇一一年）所収、四一―四二ページ。
（2）同、三三―三四ページ。

（3）重松清「気をつけ、礼。」（二〇〇一年初出）、『せんせい。』所収、二六九–七〇ページ。
（4）同、二七一ページ。
（5）同、二五三、二六〇、二七一ページ。
（6）同、二七三ページ。
（7）「白髪のニール」、三四–三五ページ。
（8）同、一七ページ。
（9）同、五〇–五一ページ。
（10）夏目漱石もまた、現役教師だった頃は「先生らしさ」（あるいは「らしくなさ」）についてすっきりとしない思いを抱えていたようだ。大井田義彰編『教師失格——夏目漱石教育論集』（東京学芸大学出版会、二〇一七年）には、こんな言葉が載っている。「余は教育者に適せず、教育家の資格を有せざればなり、その不適当なる男が、糊口の口を求めて、一番得易きものは、教師の位地なり、これ現今の日本に、真の教育家なきを示すと同時に、現今の書生は、似非教育家でも御茶を濁して教授し得ると云う、悲しむべき事実を示すものなり、世の熱心らしき教育家中にも、余と同感のもの沢山あるべし」（一七ページ）。これは、一八九五年に漱石が愛媛県尋常中学校の校友会雑誌に寄稿した文章であるが、編者の大井田は、漱石はここで「高い理想を有するがゆえに『余は教育者に適せず』といわざるをえない」（一三ページ）と解説する。だが、これを漱石以外の人間が書いていたとしたら、どうだろうか。そもそも、当時の実際の生徒たちがこれを読み、はたしてその自虐的な言葉遣いに「先生らしさ」を感じ得たかどうかは、判断に迷うところである。

第6章

（1）「女生徒」、一〇三―〇四ページ。
（2）有明淑『資料集　第一輯　有明淑の日記』（青森県近代文学館、二〇〇〇年）。
（3）有明の「日記」を精査した相馬正一は、「発表当時、太宰が作品成立の背景を明かしていなかったので、川端を含めて同時代評の論者達が、この作品を前衛的な作風で知られる太宰治の一少女に托した虚構の産物として読み取ったとしても無理からぬことではあるが、『有明日記』をこれだけ大量に活用していることが判明した以上、この作品を失地恢復の悲願を籠めた実験的仮托小説として無条件に太宰の創作歴の中に位置づけることには、やはり問題があるかと思う」（傍点原文、『資料集』、一〇五ページ）と所感を述べている。
（4）同『資料集』、四三ページ。
（5）「女生徒」、一〇三ページ。
（6）辻村深月「パッとしない子」（二〇一七年初出）、『噛みあわない会話と、ある過去について』（講談社、二〇一八年）所収。
（7）同、五九ページ。
（8）同、六六ページ。
（9）同、七七、八一―八二、八六ページ。
（10）同、七五―七六ページ。
（11）同、七八ページ。
（12）同、五〇、五九、七八、八六―八七ページ。

コラム③

（1）古川日出男『4444』（二〇〇九年にウェブ連載開始。河出書房新社、二〇一〇年）、一五三ページ。

（2）『新編　銀河鉄道の夜』、一八六ページ。

（3）古川日出男、佐々木敦『「小説家」の二〇年　「小説」の一〇〇〇年――ササキアツシによるフルカワヒデオ』（Pヴァイン、二〇一八年）、一四九–五〇ページ。

（4）「中学校学習指導要領『生きる力』」（文部科学省公式サイト〈http://www.mext.go.jp/a_menu/shotou/new-cs/youryou/chu/su.htm〉）。「第3学年」の学習内容として「正の数の平方根について理解し、それを用いて表現し考察することができるようにする」とある。

（5）「ただようまなびや宣言」（ただようまなびや　文学の学校公式サイト〈http://www.tadayoumanabiya.com/declaration/〉）。「学校長　古川日出男」と署名された宣言の日付は、二〇一三年六月六日。

（6）古川日出男「どうやったらプールでうなぎを養殖できるか?」、『とても短い長い歳月』（河出書房新社、二〇一八年）所収、四五七ページ。

第7章

（1）吉田修一『作家と一日』（二〇一〇年に雑誌連載開始。集英社文庫、二〇一九年）、一六–一七ページ。

（2）椰月美智子『市立第二中学校2年C組　10月19日月曜日』（二〇〇九年にウェブ連載開始。講談社文庫、二〇一三年）、一九七–九八ページ。

（3）こうした傾向は、学園もののマンガにも顕著である。山田浩之はその著書『マンガが語る教師像――教育社会学が読み解く熱血のゆくえ』（昭和堂、二〇〇四年）において、マンガに描かれる管理職のイメージが、「授業をもたず、生徒との交流はほとんどない［第三者としての］校長」と、「生徒集団に対立する教師集団の象徴」である「リーダーとしての校長」の二つに大別できるとした上で、「こうした管理職イメージは実際の管理職の仕事とは少し異なっている」と主張する（二〇八―〇九ページ）。その理由の主なものとして「教師の世界は一般的な官僚制組織とは異なり、権限が階層化されていない」こと、「担当教師と親などのあいだで板挟みになることも少なくない」ことがあげられている。また、二〇〇一年度の統計に基づき、性差の面では「女性教師が管理職に昇進する道は非常に険しい」が、同世代の比率からすると「とくに小学校では五五歳から六〇歳未満で四三・五％とほぼ半数の者が校長になって」おり、「その一方で高校の場合は五五歳から六〇歳未満でも校長の比率は一三・一％にすぎない」と指摘している（二〇九―一四ページ）。

（4）石田衣良『5年3組リョウタ組』（二〇〇六年に新聞連載開始。角川文庫、二〇一七年）、一二八ページ。

（5）同、一四五ページ。

（6）同、三三六ページ。

（7）同、一二五ページ。

（8）河合隼雄『こころの処方箋』（一九八八年に雑誌連載開始。新潮文庫、一九九八年）、一八七ページ。

（9）同、一八九ページ。

（10）『5年3組リョウタ組』、一四五ページ。

（11）同、四七〇ページ。

（12）同、三六六ページ。

おわりに

（1）筒井康隆『文学部唯野教授』（一九八七年に雑誌連載開始。岩波書店、一九九二年）、三四五ページ。

付録　先生の見本

必ずしも「お手本」とは呼べないけれど、教師であることの悩みや葛藤を体現してくれる、リアルな「見本」としての小説のなかの先生たち。彼らの印象的な登場シーンの一部を、日本文学編と海外文学編に分けて紹介します。前後の文脈からあえて切り離すことで見えてくる、古今東西の教師像の共通点や相違点を、ぜひ教師の目で探してみてください。なお、書誌情報は、巻末にまとめました。

日本文学

1 子どもの術策にはまる
2 子どもを本名で呼ぶ
3 授業を潰される
4 遅刻を大目に見る
5 謹慎中の生徒を訪ねる
6 生徒に怪我の理由を尋ねる
7 生徒に正論をはかれる
8 厳しい罰を与える
9 警備員に呼び出される
10 自己を卑下する
11 生徒に告白される
12 カンニングを発見する
13 ご注進をうける
14 教壇で言葉を失う
15 教師をやめる
16 生徒に別れを告げる
17 独り言を聞かれる

海外文学

1 子どもたちの将来を夢みる
2 生徒の信頼を得る
3 生徒と小競りあいをする
4 生徒を逆恨みする
5 教科がなくなる
6 私物を子どもに見られる
7 学生の言葉を無視する
8 知りません、と言われる
9 若造扱いされる
10 教師として円熟する
11 生徒を落第にする
12 学生の名前を忘れる
13 子どもを育てる
14 学生に告発される
15 学生の反応を引き出す
16 学費について話す
17 子どもたちに点数をあげる

日本文学編

1　子どもの術策にはまる

「親の心子知らず」と言いますが、「子の心」を知ることもたいへんです。ことに、「児童や生徒の心」ともなれば、知っている、分かっている、と思い込むことのほうが危険でしょう。とはいえ、「この子の本心はなんだろう?」と疑心暗鬼になってばかりでは、とても教師はつとまりません。この太宰治の「先生」のように、子どもの術策にはまってみるということも、ときには必要かもしれませんね。

或る日、自分は、れいに依って、自分が母に連れられて上京の途中の汽車で、おしっこを客車の通路にある痰壺にしてしまった失敗談(しかし、その上京の時に、自分は痰壺と知らずにしたのではありませんでした。子供の無邪気をてらって、わざと、そうしたのでした)を、ことさらに悲しそうな筆致で書いて提出し、先生は、きっと笑うという自信がありましたので、職員室に引き揚げて行く先生のあとを、そっとつけて行きましたら、先生は、教室を出るとすぐ、自分のその綴り方を、他のクラスの者たちの綴り方の中から選び出し、廊下を歩きながら読みはじめて、クスクス笑い、やがて職員室にはいって読み終えたのか、顔を真赤にして大声を挙げて笑い、他の先生に、さっそくそれを読ませているのを見とどけ、自分は、たいへん満足でした。

太宰治「人間失格」より

2 子どもを本名で呼ぶ

教室内における「あだ名」の使用は、本書でも論じたとおり、その効果と副作用について、よくよく考えてみる必要があります。一方で、昨今の教育現場では、公的に、子どもたちを「さん」付けで呼ぶことが推奨されていますが、そのことに違和感を抱く教師も少なくないと聞きます。ところで、日本一有名なあだ名の一つである「風の又三郎」を、宮沢賢治の「先生」はどのように呼んでいたか、みなさんご存知でしょうか？


「先生お早うございます。」嘉助も云いましたが、すぐ
「先生、又三郎今日来るのすか。」とききました。

先生はちょっと考えて
「又三郎って高田さんですか。ええ、高田さんは昨日お父さんといっしょにもう外《ほか》へ行きました。日曜なのでみなさんにご挨拶《あいさつ》するひまがなかったのです。」

「先生飛んで行ったのすか。」嘉助がききました。

「いいえ、お父さんが会社から電報で呼ばれたのです。お父さんはもいちどちょっとこっちへ戻《もど》られるそうですが高田さんはやっぱり向うの学校に入るのだそうです。向うにはお母さんも居られるのですから。」

「何《な》して会社で呼ばったべす。」と一郎がききました。

「ここのモリブデンの鉱脈は当分手をつけないことになった為《ため》なそうです。」

「そうだなぃな。やっぱりあいづは風の又三郎だったな。」

嘉助が高く叫びました。

宮沢賢治「風の又三郎」より

3　授業を潰される

子どもの頃、苦手だった科目が急遽変更になってホッとした、という経験は、きっと誰にもあるかと思います。ですが、そうした懐かしい思い出を、自分の授業に当てはめることはお勧めできませんし（たとえば「自習にしたら生徒だって喜ぶだろう」といった考え）、ましてや、他の先生の授業を「潰す」ということはあってはなりません。三浦綾子の「先生」も、とても不愉快そうですね。


「五時間目は、北森先生の組は何ですか」

いやに優しい声だった。

「はい、綴り方です」

「ああ、綴り方ですか。じゃあ、潰してもそう大勢に影響はありませんな」

「え？　潰す？」

竜太は聞き返した。

「いや、綴り方の時間なら、算術や国語の時間とちがって、ほかの作業に振替えてもらっても、あまり影響がないですな、ということですよ」

（中略）

竜太は、簡単に綴り方の時間を作業に振向けようとする教頭の態度に、抵抗を感じた。確か竜太が赴任して何日か目にも、同じようなことがあった。やはり高等科一年のクラスを受持つ小山光子先生に、教頭は綴り方の時間を潰させて、花壇の手入れを強要したのだ。小山先生はその時、何か口の中でつぶやいていたが、結局は奉安殿の周りの花壇の整備に、生徒たちと共に黙々と働いていた。

三浦綾子『銃口』より

4　遅刻を大目に見る

授業開始に遅れてくるから「遅刻」なのですが、教師の方が遅れた場合、その生徒はたいてい遅刻にはなりません。ゼロかイチかの「欠席」とは異なり、つねにグレーゾーンにある「遅刻」は、ローカルルールでの運用がふつうです。ところが、万城目学の「先生」は、赴任したてのために、ほとんど異邦人も同然です。

依然、おれの顔をじっと眺めていた堀田だが、面倒そうに席から立ち上がると、

「先生、遅刻にするのは勘弁してください」

とやけに湿り気ある声で返してきた。

おれは少々呆気に取られて、意外と小柄な身体つきの相手を見つめた。朝礼を含め、始業からすでに四十分は経っている。なのに、遅刻にするのはよしてくれとはどういうつもりなのか。

「どうしてだ」

（中略）

「三カウントになってしまうから——」

と詰まった声で、胸の前に指で「三」を示し、ゆらゆら揺らした。

「何だ、その三カウントってのは」

おれの言葉に、まわりの席から一斉に説明の声が上がった。何でも遅刻を三度すると、学年主任に呼び出され、校則をレポート用紙に書き写すことを命ぜられるらしい。なるほど、いかにもあの堅物ぽい学年主任がやりそうなことだ。

遅刻はもちろんいただけないが、赴任初日から生徒に校則の書き写しを命じるなんて真似は、おれだってゴメンだ。そんなことに時間を潰させるぐらいなら、元素記号の周期表を覚えさせるほうがよほど意味がある。おれは堀田の遅刻を大目に見てやることにした。

万城目学『鹿男あをによし』より

5 謹慎中の生徒を訪ねる

小説のなかの「いい先生」は、「悪い生徒」とペアになって描かれがちです。村上龍の「先生」もまた、自宅謹慎中の生徒たちのことを思い、もくもくと彼らの家を訪問します。はたして、この「先生」の良さは、相対的なものなのでしょうか、絶対的なものなのでしょうか。引用の最後にある「軽蔑」という言葉に注目しつつ、じっくりと考えてみてください。

担任のマツナガは、学生時代長く結核を患っていたそうで、ひどく痩せていた。生まれてから一度も大声を出したことがないといった、穏やかな紳士だった。夏休み中は二日おきに、時には毎日、訪ねてきた。

訪ねて来ても、無口なので、ほとんど喋らずに、元気でやってるか、あまりイライラするなよ、などと二言三言声をかけるだけだった。アダマのところへもほとんど連日のように顔を見せているということだ。すべての教師は資本家の手先だ、などと口を尖らすアダマに、苦笑して頷きながらそのことを否定したりせず、軒先のヒマワリかなにかをきれいだなと賞めて、帰るのだという。

マツナガは、毎日、補習や授業の後で、高台にある僕の家と、アダマの炭鉱町までバスに乗って通っていたことになる。

僕の部屋からはバス停が見える。バス停からは細い坂道と階段をえんえんと登らねばならない。いつも、マツナガはその坂を歩いて、やって来た。途中何度も立ち止まって休みながら。元肺病みの教師が、説教をするのでもなく、顔にびっしょり汗を浮かべて、ただ、元気でやってるか？　と言うだけのためにに足を運んでくる……僕の中で、マツナガに対する軽蔑が消えた。

村上龍『69 sixty nine』より

6　生徒に怪我の理由を尋ねる

授業中に、子どもの体調が悪くなったり怪我をしてしまったりした場合、責任者である教師は適切な対応をとることが求められます。実験や実技中の失敗など、原因が授業そのものにあるときはもちろんですが、それ以外の理由による場合、教師は責任者と部外者という相反する立場に立たされます。川上未映子の「先生」は、はたして、「僕」の怪我に何を思い、どのような立場に身を置こうとしているのでしょうか。


「それどうしたんだ?」担任教師はホームルームが終わったあとで僕を呼び、驚いたような顔できいた。

「自転車にぶつかって転んだんです」と僕は答えた。教師は白いポロシャツを着て、まるめたプリントのかどで小鼻のわきをかきながら、僕の顔をじっと見ていた。

「転んだって、きのうか?」

「そうです」と僕は答えた。

「帰りに?」

僕は肯いた。それから何時頃、どこでどんなふうにぶつかったのか、相手はそのあとどうしたのかについて色々きかれたので、僕は母さんに説明したのとまったくおなじことを繰りかえした。

「まあ、ある程度は仕方ないとしても、気をつけろよ。ずいぶん腫れてるけど病院は行ったのか?」

「まだ行ってません」

「行ったほうがいいぞ、それ。そうとう腫れてるから、保健室にも行っといたほうがいいかもな」

そう言うと教師は時計をはめた腕をゆらして時計を手首の位置にもどし、言い忘れたけど午後の体育は実技じゃなくて保健になったからそのままいろよ、と教室全体に告げてでていった。

川上未映子『ヘヴン』より

7　生徒に正論をはかれる

席替えやグループ活動のたびに、教室はその構成員である子どもたちの性差を前景化します。それを「どきどき」というシンプルな感情表現でまとめてしまう物語もありますが、島本理生の小説では、ことはそれほど単純ではありません。ここでは、児童の側から、「先生」の性別が前景化されています。はたして、この問題提起に対して、学校はどう対応すべきなのでしょうか。

「それに私は、クラスの男の子たちはべつの場所にいるのに、沢渡先生がこの場にいるのはおかしいと思います」

その言葉に、一瞬だけ沢渡先生の顔から怒りが消えて、不意をつかれたような表情に変りました。

「先生は大人で、みんなに指導する立場だから、いいんだ」

「だけど小学校の先生が生徒にいたずらする事件はしょっちゅう起きてるし、年齢が離れてるってだけで性別を無視するのはおかしいです。こんなふうにわざとらしく男女を分けるなら、先生も出ていくべきだと思います」

そして鹿山さんはみんなが唖然とする中、本当に視聴覚室を出て行ってしまいました。私は痺れた足をあわてて動かし、怒鳴っている先生の声を聞こえないふりして、その後を追いました。

島本理生『あなたの呼吸が止まるまで』より

8　厳しい罰を与える

罪と罰はセットであるという前提に立つと、「罪」と断定できるような案件が起こりにくい教育現場においては、「罰」という考え方もまた有効でないことが分かります。ところが、そのような現場であるがゆえに、「罰」のような何かを与えることで、子どもたちに「罪」の意識を植え付けようとする行為も起こりがちです。綿矢りさの描く放課後のエピソードには、そうした負の力学がはっきりと現れています。


放課後、家庭科室で居残りの課題を終えたあと教室に鞄を取りに行くとイチが一人、黒板にびっしりと〝ぼくは授業中私語を慎みます。〟と白いチョークで書いていたことがあって、私は覚悟して話しかけた。

「なにそれ。宮元先生に書かされてるの」

「うん。百回書いたらチェックしにくるって」

チョークを黒板にぶつけるようにしてイチが文字を書きなぐっていく。彼にしてはめずらしく怒っているみたいだ。歴史の宮元先生はSっ気がありイチを偏愛していて、彼がなにかしでかすと他の子より厳しい罰を与えてイチの気を引こうとする。

「シンプソンズのバートみたいだね」

「だれ？　ガイジン？」

「ううん、なんでもない。一つくらい〝ぼくは授業中私語を慎みません。〟にしてもばれないんじゃないの」

どきどきしながら提案するとイチは黒板を見つめたまま口をとがらせて黙りこみ、少し考えたあと、書きかけの一文を〝ぼくは私語を慎みません。〟にした。

綿矢りさ『勝手にふるえてろ』より

9　警備員に呼び出される

現役教師の「勘」といったものも、やはりどこかの段階で受けた座学が土台になっている場合が多いものです。そうした知識と経験のバランスに対して、人はときに懐疑的になりもしますが、村上春樹の「先生」は、どのように考えているのでしょうか？


「クラスには全部で何人の生徒がいるんですか？」

「35人です」

「じゃあかなり目は届きますね。しかしこの子が問題を起こすことになるとはまったく予想もされていなかった。気配すら感じなかったと」

「そうです」

「ところがどっこい、この子供は、半年間にわかっているだけでも三回も万引きしているんだ（中略）」

「教師として言わせていただければ、常習的な万引きという行為は、とくに子供の場合、犯罪性よりは精神的な微妙な歪みから来ているものであることが多いんです。（中略）根本的な原因を探し出して、それを正していかない限り、あとになってまた違うかたちで問題が出てくることになります。万引きというかたちをとって子供がなにかのメッセージを発しているという場合が少なくありませんし、たとえ効率は悪くても時間をかけて対面して話しあうしかないんです」

（中略）

「今みたいなのは、大学の教育学とか、そういうところでみんな聴かされるわけですか？」

「とも限りません。心理学の初歩的なことだから、どの本にも書いてあります」

「どの本にも書いてある」と彼はぼくの言葉を無表情に繰り返した。

村上春樹『スプートニクの恋人』より

10　自己を卑下する

他人にからかわれて嬉しい人間は、あまりいません。ですが、自分で自分をからかうのはどうでしょう? 教師はみずからを「先生である」と認識するとき、プライドと謙遜がないまぜになり、自分で自分をからかいがちです。夏目漱石は、これを猫の言葉に仮託しましたが、私たちはいったい、自身の心のなかに住むこのような「猫」とどのように共生すべきなのでしょうか。

吾輩の考《かんがえ》では奥山の猿と、学校の教師がからかうには一番手頃である。学校の教師を以て、奥山の猿に比較しては勿体《もったい》ない。——猿に対して勿体ないのではない、教師に対して勿体ないのである。然しよく似ているから仕方がない、御承知の通り奥山の猿は鎖で繋《つな》がれている。いくら歯をむき出しても、きゃっきゃっ騒いでも引き掻《か》かれる気遣はない。教師は鎖で繋がれておらない代りに月給で縛られている。いくらからかったって大丈夫、辞職して生徒をぶんなぐる事はない。辞職をする勇気のある様なものなら最初から教師などをして生徒の御守《おも》りは勤めない筈である。主人は教師である。

夏目漱石『吾輩は猫である』より

11　生徒に告白される

教師に対する信頼や憧れは、ときとして恋愛感情に変わることもあります。その気持ちを受けとめつつも、生徒の視界には常に、「先生」というフィルターがかかっていることを思い出さなくてはなりません。北村薫の「先生」は、このことを、力強く、かつ丁寧に語っています。

――やっぱりぼくでは駄目ですか、と新田君は聞いた。

　その言葉の底にある哀《かな》しみの深さに、わたしは動きを失った。

（中略）

新田君はいった。

「――好きです」

（中略）

足元で光がはじけ、音楽が爆発した。

「いくらあなたが、わたしを好きでも、わたしが江戸時代の人間だったら、どうすることも出来ないでしょう。それと同じことよ。そのずれが、もうちょっと小さく起こったの」

「……」

「――わたしは、あなたにとって、お話であり、絵であり、音楽。――そして風なのよ」

新田君。あなたも、わたしにとってそうなのよ。

「――愛してちょうだい。好きになってちょうだい。ありがとうというわ。でも、でも――手をつなぐことは出来ない」

　辛《つら》い時こそ、苦しい時こそしっかりしなければいけない。

北村薫『スキップ』より

12 カンニングを発見する

授業とは基本的に双方向のコミュニケーションですが、テストというのは、ある種のコミュニケーション不全をおこしがちです。生徒は問いに対して答えを返すも、それへのリアクションはすぐになく、教師は必死に赤ペンを動かすも、その加点減点に対する生徒からのリアクションは、やはりすぐには起こりません。そうしたなか、答案に同じ文言の解答を見つけてしまった織田作之助の「先生」は、決してほめられない行動に出てしまいます。

二、三日前答案を採点していた時、H教授は三人の答案が一字一句違わないことを発見して、あきれてしまった。赤井と野崎が豹一の答案を写したに違いないと思った。三人の中では豹一がややましに出来るのだった。H教授はまず豹一の点を零点にした。他の二人は一学期の点をそのままつけた。すると、三人とも二学期を平均して落第点になった。豹一を零にしたのは、もし及落会議で問題になったら助け舟を出してやるつもりでいたからである。

H教授はくっくっとこみ上げて来るのを我慢しながら、

「赤井と野崎の点をあげてくれというわけだね？」

「はあ」

「君はどうなんだ？」

「僕は……」大丈夫だというその顔がH教授にたまらなくおかしかった。たまりかねて、下を向き、膝の上の成績を仔細に見る真似をして、

「ところが、君の方の点がわるい」わざと渋い声で言うと、

「えッ？」案の定驚いた顔をした。

「赤井は三十八点、野崎は三十七点、君は三十六点だ。君がいちばん悪い」

織田作之助「青春の逆説」より

13　ご注進をうける

教師の世界も、実社会である以上、さまざまな噂や陰口が飛び交います。島崎藤村の「校長」は、そうした情報を手にいれるため、あえて窓口を一人にしぼっているようです。その是非はともかく、引用で注目したいのは、「嫉み」という言葉です。大人と子どもが同じ建物に暮らしながら、それぞれに感じている異なる種類の嫉妬によって、学校の運営は、他の組織にはない独自の問題を抱えてしまうのかもしれません。

月曜の朝早く校長は小学校へ出勤した。応接室の側《そば》の一間を自分の室と定めて、毎朝授業の始まる前には、必ず其処に閉籠《とじこも》るのが癖。それは一日の事務の準備《したく》をする為でもあったが、又一つには職員等《たち》の不平と煙草の臭気《におい》とを避ける為で。丁度その朝は丑松《うしまつ》も久し振《ぶり》の出勤。校長は丑松に逢って、忌服中《きぶくちゅう》のことを尋ねたり、話したりして、やがてまた例の室に閉籠った。

この室の戸を叩くものが有る。その音で、直《すぐ》に校長は勝野文平ということを知った。いつもこういう風にして、校長はこの鍾愛《きにいり》の教員から、さまざまの秘密な報告を聞くのである。男教員の述懐、女教員の蔭口、その他時間割と月給とに関する五月蝿ほどの嫉《ねた》みと争いとは、是処《ここ》に居て手に取るように解るのである。その朝もまた、何か新しい注進を齎《もたら》して来たのであろう、こう思いながら、校長は文平を室の内へ導いたのであった。

いつの間にか二人は丑松の噂を始めた。

島崎藤村『破戒』より

14 教壇で言葉を失う

教師の悪夢の最たるものは、教壇に上がってはみたものの、肝心の言葉が出てこない、というものではないでしょうか。芥川龍之介の「先生」は、前のめりに「諸君」と口にしてしまったがため、ちょっと困ったことになっているようです。

が、読本《とくほん》と出席簿とを抱へた毛利先生は、恰《あたか》も眼中に生徒のないやうな、悠然とした態度を示しながら、一段高い教壇に登つて、自分たちの敬礼に答へると、如何にも人の好さゝうな、血色の悪い丸顔に愛嬌のある微笑を漂はせて、

「諸君」と、金切声《かなきりごゑ》で呼びかけた。

自分たちは過去三年間、未嘗《いまだかつ》てこの中学の先生から諸君を以て遇せられた事は、一度もない。そこで毛利先生のこの「諸君」は、勢ひ自分たち一同に、思はず驚嘆の眼を見開かせた。と同時に自分たちは、既に「諸君」と口を切つた以上、その後はさしづめ授業方針か何かの大演説があるだらうと、息をひそめて待ちかまへてゐたのである。

しかし毛利先生は、「諸君」と云つた儘、教室の中を見廻して、暫くは何とも口を開かない。肉のたるんだ先生の顔には、悠然たる微笑の影が浮んでゐるのに関らず、口角の筋肉は神経的にびく〳〵動いてゐる。と思ふと、どこか家畜のやうな所のある晴々した眼の中にも、絶えず落ち着かない光が去来した。それがどうも口にこそ出さないが、何か自分たち一同に哀願したいものを抱いてゐて、しかもその何のかと云ふ事が、先生自身にも遺憾ながら判然と見きはめがつかないらしい。

芥川龍之介「毛利先生」より

15　教師をやめる

教師というのも職業である以上、続けられなければ辞めるという選択肢もあります。近年は特に、「がんばり過ぎないで」というアドバイスが主流ですが、教育というものにおける力の入れ具合というのは、なかなか見極めが難しいものです。川上弘美の「先生」のケースでは、「教えること」と「与えること」の境界があいまいになっているようで、そのことが彼女を消耗させてしまったようです。


「ヒワ子ちゃんはどうして教師をやめたの」

（中略）

「嫌いだったの」

「何が」

「教えること」

「ほんとう」

「………」

「違うんじゃないの」

「違うかもしれない」

「ほんとはどうだったの」

女はさらにビールを飲んで、さらにつぎ足した。女の腕に鳥肌がたっていた。鳥肌のたった腕の皮膚も薄く白かった。

「消耗したからかもしれない」

教師に対して生徒が何か求めてくることは少なかったが、求められているような気がしてきて、求められないことを与えてしまうことが多かった。与えてからほんとうにそれを自分が与えたいのか不明になって、それで消耗した。与えるという気分も嘘くさかった。

川上弘美「蛇を踏む」より

16　生徒に別れを告げる

学校という空間は、同世帯の子ども以外は、ほとんど他人によって構成されています。ですが、この「他人」という言葉ほど、学校にそぐわないものもないように思えるのは、考えてみれば不思議なことです。太宰治の「先生」は、今まさに退職をするところ。他人、いい加減、馬鹿野郎……と太宰らしい言葉を連ねる彼は、どこまで生徒のことを思い、そして、「先生」としての自分の立場をどこまで深く考えたのでしょうか。

「もう、これでおわかれなんだ。はかないものさ。実際、教師と生徒の仲なんて、いい加減なものだ。教師が退職してしまえば、それっきり他人になるんだ。君達が悪いんじゃない、教師が悪いんだ。じっせえ、教師なんて馬鹿野郎ばっかりさ。(中略)君たちとは、もうこの教室で一緒に勉強は出来ないね。けれども、君たちの名前は一生わすれないで覚えているぞ。君たちも、たまには俺の事を思い出してくれよ。あっけないお別れだけど、男と男だ。あっさり行こう。最後に、君たちの御健康を祈ります。」すこし青い顔をして、ちっとも笑わずに、先生のほうから僕たちにお辞儀をした。

僕は先生に飛びついて泣きたかった。

「礼!」級長の矢村が、半分泣き声で号令をかけた。六十人、静粛に起立して心からの礼をした。

「今度の試験のことは心配しないで。」と言って先生は、はじめてにっこり笑った。

太宰治「正義と微笑」より

17　独り言を聞かれる

コミュニケーションというのは不思議なもので、意気込んで伝えようとしたことよりも、ふと力を抜いたときに口にしたことの方が、相手の印象に強く残ったりします。いつも厳しい先生が不意に笑ったり、いつも丁寧で優しい先生が何かの拍子に舌打ちをしたりすると、それだけで先生と学生のコミュニケーションはその前提を大きく変えてしまうのです。『三四郎』にちらりと登場するこの「先生」の場合、授業開始直前のなんとも言えない態度こそが、大きなメッセージとなって学生に届いてしまったようです。

それから約十日ばかり立ってから、漸《ようや》く講義が始まった。三四郎が始めて教室へ這入って、外の学生と一所に先生の来るのを待っていた時の心持は実に殊勝なものであった。（中略）その次には文学論の講義に出た。この先生は教室に這入って、一寸《ちょっと》黒板《ボールド》を眺めていたが、黒板《ボールド》の上に書いてあるGeschehen《ゲシェーヘン》と云う字とNachbild《ナハビルド》と云う字を見て、はあ独逸《ドイツ》語かと云って、笑いながらさっさと消してしまった。三四郎はこれが為めに独逸語に対する敬意を少し失った様に感じた。

夏目漱石『三四郎』より

1　子どもたちの将来を夢みる

教師の仕事は、第一に、公正であることが求められますが、かといって、画一的な人材育成に突き進むということがあってはなりません。一人ひとりの個性を伸ばす教育、と言えば聞こえはいいですが、子どもたちの個性は、たいてい教育と呼ばれるものの外側で生まれ、育つものです。教師になった「赤毛のアン」は、才能を開花させた未来の教え子を夢見ますが、その夢はどのようにしたら叶うのでしょうか。

アンの心ははるかかなたのすばらしい世界へ飛び去っていた。そこでは、ある一人の学校の先生が大活躍をして、未来の政治家たるべき人々の運命をかたちづくり、高邁な理想を幼い者たちの頭脳と感情の中へそそぎこんで、偉大な教育効果をあげるという美しい夢がくりひろげられていた。（中略）……四十年後、ある有名な人物が──なんで有名なのかそれはまあどうでもいいことにして、できれば大学の総長か、カナダの総理大臣がいいとは思ったが……アンの皺だらけの手の上に低く頭をさげて、ぼくの野心に最初の火をともしたのは先生、あなたです。ぼくのこれまでの成功はすべて昔あのアヴォンリー小学校で先生から受けた指導のたまものですと言う。こんな幻をえがいている最中に、この上もなく不愉快な事件がおこって、全部をめちゃめちゃにこわしてしまった。

モンゴメリ『アンの青春』より

2　生徒の信頼を得る

先生と生徒の信頼関係は、さまざまなことをきっかけに深まります。校則違反のようなネガティブな事柄でも、その対応次第では、強い絆が生まれたりするものです。とはいえ、ポジティブな結果を得るために、あえてそうした非常事態を利用するというのは、必ずしも賢いやり方ではありません。このケストナーの「先生」のケースも、一回きりの思い付きであるがゆえに、成功したのかもしれませんね。

「きみたちはなんと責任をとりたがることだ!」先生が言った。「私に迷惑をかけないように、相談しなかったというのだね? わかった。ではお望みの罰を下すとしよう。休暇明けの最初の午後は外出禁止とする。寄宿舎規則にもかなっている。そう思わないか?」ベク先生は問いたげに九年生を見た。

「もちろんです、先生」いろおとこテオドールがせきこんで答えた。

「罰則にあたる午後のことだが、きみたち五人は塔のこの私の部屋の客になる。コーヒーを飲みながら、おしゃべりしようじゃないか。寄宿舎規則にはないが、文句の出る筋合いもない。そう思わないか?」

またもや九年生を見た。

「はい、そのとおりです、先生」いろおとこテオドールがこびるように答えた。なろうことなら、消え失せたいところだった。

「みんな罰を受けるかね?」ベク先生がたずねた。

少年たちはうれしげにうなずき、肘でわき腹をつつき合った。

ケストナー『飛ぶ教室』より

3　生徒と小競りあいをする

外国語は学校教育の柱の一つですが、言葉によるコミュニケーションそれ自体は、はなから教科書という枠組みに収まりません。サッカリーの描く「校長」は、簡単なフランス語の挨拶に心乱されていますが、学校という場所における語学教育のあり方は、この頃からどれくらい発展してきたか、いささか疑問です。

シャープ嬢は、いとも平然とした様子で校長室へ入っていくと、「校長先生《マンマゼル》、お別れの御挨拶にまいりました《ジュ・ヴィヤン・ヴ・フェール・メザデュー》」とフランス語で、しかも完璧なアクセントで言ってのけた。

ピンカトン女史は、学校ではフランス語のできる先生を使っていたが、彼女自身はまったくフランス語がわからなかった。それでも、校長先生は唇をぐっと噛んで、威厳に満ちたローマ型の鼻の載っている頭をぐっと反らすと（その天辺《てっぺん》には大きな物々しいターバン型の帽子が載っていた）、「じゃあ、さようなら、シャープさん」と応じたのだった。ハマースミスのセミーラミスはそう言いながら、おさらば《アデュー》の挨拶に代えて片手を振り振り、その一方で、シャープ嬢に握手の機会を与えてやるために、片手の指一本だけを突き出してみせることにした。

ところがシャープ嬢のほうは、両手を慎ましく重ねたまま、よそよそしい微笑をちらっと浮かべて会釈を返しただけで、示された栄誉を受けるのはきっぱりと拒絶してしまった。セミーラミスはこれに対抗して、いっそう憤然とターバンを天井のほうに振り向けた。このやりとりは、実は、若い娘と年輩の婦人の間で展開された小競り合いのひとつだったが、どうやら後者のほうの分が悪かった。

サッカリー『虚栄の市』より

4　生徒を逆恨みする

「出る杭は打たれる」ということわざのとおり、ときとして教育は、突出した人間を諌《いさ》めることにやっきになるものです。これは「先生」という存在を突出させるため、学校が半ば無意識に行なっていることでもあります。バーネットの『小公女』にも、そうした学校のエゴが、院長たる「ミス・ミンチン」の姿を借りて描写されています。

セーラが話しだしたとき、ミス・ミンチンはびくっとして、話が終わるまで眼鏡の縁の上から見つめていた。ほとんど憤慨しているかのようだった。ムッシュ・デュファージュは笑みをうかべた。満面の笑みだった。（中略）

「ああマダム、私が教えられることはほとんどありません。この生徒はフランス語を学んだのではなく、フランス人そのもの。見事な発音です」

「先に私に言うべきでしたよ」とミス・ミンチンが声を上げた。たいそう決まりが悪く、セーラに矛先を向けていた。

（中略）

セーラが説明しようとしていたことはミス・ミンチンも承知していた。説明する機会がなかったのはセーラのせいではないことも。さらに、生徒たちがずっと耳をそばだてていて、ラヴィニアとジェシーがフランス語文法の教本に隠れてくすくす笑っているのに気がついたミス・ミンチンはかんかんに怒った。

「みなさん、お静かに！」ときつく言い、机をこつこつとたたいた。「いますぐ静かに！」

その瞬間からミス・ミンチンは自慢の生徒をいささかうらむようになったのである。

バーネット『小公女』より

5　教科がなくなる

現代日本において、教師はいつでも政治的な中立性を保たねばなりません。それは、学校のカリキュラムやみずからが受けもつ科目に対しても同じです。引用はドーデーの『月曜物語』に収録された「最後の授業」で、ご承知のとおり、この文章を当時の「政治思想」から切り離して称揚することは危険です。が、教師というより「教科」における政治的中立性という問題意識をもって、この古典を再読する必要はありそうです。

『早く席へ着いて、フランツ。君がいないでも始めるところだった。』

私は腰掛けをまたいで、すぐに私の席に着いた。ようやくその時になって、少し恐ろしさがおさまると、私は先生が、督学官の来る日か賞品授与式の日でなければ着ない、立派な、緑色のフロックコートを着て、細かくひだの付いた幅広のネクタイをつけ、刺しゅうをした黒い絹の縁なし帽をかぶっているのに気がついた。（中略）

『みなさん、私が授業をするのはこれが最終《おしまい》です。アルザスとロレーヌの学校では、ドイツ語しか教えてはいけないという命令が、ベルリンから来ました……新しい先生が明日《あす》見えます。今日はフランス語の最後のおけいこです、どうかよく注意してください。』

この言葉は私の気を転倒させた。ああ、ひどい人たちだ。役場に掲示してあったのはこれだったのだ。

ドーデー「最後の授業」より

6　私物を子どもに見られる

「どうして私物を学校に持ち込んではいけないのか」という問いに、誰もが納得する答えを用意することは意外と難しいものです。そして、「先生の私物はどこまで許容されるべきか」という問いもまた同様です。マーク・トウェインの「先生」は、子どもの視点から読めば笑い話ですが、教師の立場からするとどのような解釈が適当なのでしょうか。

この学校の先生であるドビンズ氏は、野望を果たせぬまま中年に達した人物であった。最大の望みは医者になることだったが、貧しさゆえに村の学校教師の身に甘んじていた。先生は毎日、机から一冊の謎の本を取り出し、生徒の復誦を聞かなくていいときはそれに読み耽っていた。本はいつも鍵をかけて仕舞ってあった。学校中の悪ガキみんなが、何とかしてあの中身を一目見たいものだと思っていたが、その機会は決して訪れなかった。それがいかなる本かをめぐって、男子も女子もみな自分なりの説を唱えていて、二つとして同じ説はなく、事実を確かめようにもその手立てはなかった。そしていま、ドアのそばにある先生の机の前をベッキーが通り過ぎようとすると、鍵が鍵穴に差したままであるのが目に留まった！　貴重な一瞬である。彼女はあたりを見回し、誰もいないのを確かめ、次の瞬間、両手に本を持っていた。扉を見ても何のことか全然分からないので——何某教授の『解剖学』とある——彼女はページをめくりはじめた。たちまち、見事な色つき版画の口絵が現われた。真っ裸の人間の姿だった。

トウェイン『トム・ソーヤーの冒険』より

7 学生の言葉を無視する

学生視点で授業を想像するということは、たとえば教室に三十人の学生がいるとして、そこには教師の視点とは異なる角度から切り取られた三十通りの「授業」が存在していると考えることです。ジョイスの描く「教授」は、そうした想像力の対極にあるようですが、どうやら完全に耳を塞いでしまっているわけではなさそうです。

モイニアンは、教授がコイルの上にかがみ込んでいるのを見ると、席から立ちあがり、右手の指を鳴らす格好をしてみせながら、べそをかいてる腕白小僧の声で訴えはじめた。

——あのね、せんせーい！　あの、せんせーい！　この子ったらね、たったいま悪いこと言っちゃってるんです、せんせーい。

——プラチノイドは、と教授はおごそかに言った、洋銀より好まれますが、それは温度変化による抵抗係数が低いからです。プラチノイドの針金は絶縁されていて、それを絶縁する絹の被覆が、ちょうど今わたしの指のあるところで、エボナイトの巻き枠ボビンに巻きつけてあります。巻きがもし一重ですと、コイルには余剰電流が誘導されるでありましょう。ボビンには熱したパラフィン・ワックスが浸透させてあって……

鋭いアルスター訛りの声がスティーヴンのすぐ下の席からあがった。

——応用科学の問題も出るんですか？

この質問をはぐらかすように教授は純粋科学と応用科学という学術用語についてもっともらしい口調で話しはじめた。

ジョイス『若い芸術家の肖像』より

8　知りません、と言われる

生き生きとした授業を展開していく上で、生徒への質問は欠かせません。ですが、「知りません」や「忘れました」といった答えは、たとえ想定範囲内であったとしても、教師をわずかに苛立たせます。シリトーの「先生」は、そうした生徒の態度を自分への「腹いせ」なのではと勘ぐっていますが、こうした腹の探りあいほど、お互いにとって不毛なものもありません。

「聖書を出して、出エジプト記第六章をあけたまえ」と先生は言った。

きれいなのはほとんどない四十五の手が、どの本を開くときもやるように、どういうわけかいっせいにうしろから聖書を開き、前のほうへページをくってゆくのを、先生はじっと見つめていた。ときおりどぎつい色の挿絵が、パラパラページをめくるクラスのあちこちでチラチラするのが見えた。片肘で額を支え、丈の高い机に寄りかかった先生には、ブリヴァントが隣の席の少年に何やらささやくのが見え、隣の子のくすくす笑うのが聞こえた。

「ハンドレー」と、レイナー先生はきびしい調子を装って訊いた――「アロンというのはだれだったね？」

クラスの中ほどから、小柄な少年が立ち上がった――「聖書に出てくるアロンですか、先生？」

「そうだ。ほかのだれだと思ったんだ、阿呆」

「知りません、先生」と少年は答えた。ほんとうに知らないのだろうか、それとも阿呆と呼ばれた腹いせだろうか。

シリトー「レイナー先生」より

9　若造扱いされる

「若い先生」という表現には、「先生らしくない先生」といった仄めかしもあり、ある種の形容矛盾を感じさせます。もちろん、そうした言い方を口にする保護者や子どもたちの側に悪意はほとんどないわけですが、当の教師はずいぶんと悩むものです。チェーホフの「先生」の場合、そのお怒りはごもっともと言いたい反面、そうムキにならずに、と諭したくもなってしまいます。

どうやら軍医は、ニキーチンを学生と勘違いしたらしくてこう言った。

「夏休みでお帰りになってるのですか」

「いえ、わたしはここに住んでるんです」とニキーチンは答えた。「中学校の教師をしてるんですよ」

「ほんとですか」と軍医は驚いた。「そんなにお若いのに、もう先生なんですか」

「どうして若いもんですか。二十六ですよ……。ありがたいことに」

「顎ひげも口ひげもおありですが、それでもせいぜい二十二、三にしか見えませんね。なんてお若く見えるんでしょう！」

「なんという怪《け》しからんやつだ！」とニキーチンは思った。「あいつも若造扱いしやがる！」

自分の若いことを話題にされるのが、ことに女性や生徒たちのいるところで言われるのが、彼はひどくいやだった。この町へやって来て職に就いて以来、彼は自分が若く見られることを憎むようになった。生徒たちは怖がらないし、老人たちは若造扱いするし、婦人たちは彼の長談義を聞くよりも、彼を相手にして踊りたがった。だから今すぐ十ほど老けられるものなら、どんな犠牲を払ってもいいような気持ちだった。

チェーホフ「国語の教師」より

10　教師として円熟する

「君たちはいずれ社会に出るのだから」と、ことあるごとに教師は口にしてしまいますが、そう言い聞かせている生徒たちこそが、教師自身の所属する「社会」の主体であるという事実は、とても悩ましいものです。皮肉たっぷりに描かれるヒルトンの「先生」は、円熟しているのか幼児化しているのか、判断に迷うところです。

二十世紀を迎えるとともにチップスには円熟味がそなわり、それがしだいに定まってきた言動の癖やたびたびくりかえされる冗談などを渾然一体に融合させて、ひとつの調和をつくりだした。以前はおりおりに教育上の些細な問題にも悩まされたが、そういったこともなくなった——というか、自分の仕事と自分の価値に自信を感じられるようになった。自分やその地位にいだいている誇りは、ここブルックフィールド校にいだいている誇りの反映だということもわかってきた。この学校に奉職していればこそ、思うぞんぶん自分らしさをまっとうしてふるまうことができた。かくしてチップスはその年齢と円熟味ゆえにこそ、いまだかつて余人がたどりついたことのない特権をそなえた領域へ足を踏み入れた。そしてまた、学校の教師や聖職者にひんぱんに見られる、害のない奇矯なふるまいをする権利も獲得した。

ヒルトン『チップス先生、さようなら』より

11 生徒を落第にする

採点という行為に、生徒との駆け引きがあってはいけません。マークシートの採点をする機械に対して交渉ができないように、教師もまた、生徒の気持ちをおもんぱかって採点するようなことがあってはならないのです。しかし、教師は機械ではないので、やはり減点や落第の決定に際しては心を痛めます。サリンジャーの「先生」は、ホールデンにみずからの気持ちを代弁してもらって、果たして満足したのでしょうか。

「私が君を落第にしたことで、私を責めるかね、あーむ？」と彼は言った。

「いいえ、先生！　ぜんぜん責めたりはしません」と僕は言った。僕に向かってしょっちゅう「あーむ」と呼びかけるのはやめてくれないかなと真剣に思った。

（中略）

「もし君が私の立場であったとしたら、どうすると思うね？」と彼は言った。「ひとつ腹蔵《ふくぞう》のないところを言ってくれんかね、あーむ」

先生が僕を落第させたことをかなりうしろめたく思っていることははっきりしていた。だから僕はひとしきりまくしたてた。どれくらい自分の頭の出来が悪いかとか、その手のことを。もし僕が先生の立場であったら、寸分違わず同じことをすると思います。世の中のたいていの人は、教師というのがどれくらい過酷な仕事かということがわかってないんですよ、と僕は言った。ほんとうに我ながら、しょうもないことがよくすらすらと言えるもんだよな。

サリンジャー『キャッチャー・イン・ザ・ライ』より

12 学生の名前を忘れる

教師はたいてい、授業において学生の「顔」と、採点においては学生の「名前」と向きあいます。その二つを結び付けることは、期末テストをゴールとする形式にあっては必然とされますが、実際のところはどうなのでしょう。オカダの描写には、やはり特別な歴史的文脈が隠れていますが、この「教授」の奮闘の背後には、より普遍的な問題があるような気がします。

「私のことは覚えていらっしゃらないと思います。教わっていたのはずいぶん前のことですから」

「いやもちろん覚えているよ。君が中に入ってきた瞬間にわかった。ちょっと考えさせてくれ。だめだぞ、だめだ、言わないでくれよ」教授は考え込むようにしてイチローを見つめた。「君は、スズ…、いや…、ツジ…」

「ヤマダです。イチロー・ヤマダ」

「そうだ。もう少しで、わかったんだが。元気ですか、ヤマダ君」

「ええ、元気です」

「そりゃあいい。多くの君の仲間が戻ってきている。問題はないかい」

「はい」

「大変けっこうだ。立退きは大変だったね。そんなことが起きるなんて本当に残念だった。君も迷惑したと思う」

「いえ、それほどではありません」

「そんなことはないだろう。（中略）怒って当然だ」

「過ぎたことです」

ブラウン教授は、笑ってゆったりと椅子の背に身をもたせた。「そう言えるなんて立派なものだ。君たちは私と同じアメリカ人です。（中略）」

オカダ『ノーノー・ボーイ』より

13 子どもを育てる

子どもの成長は、教師の最大の喜びです。けれども、「育てる」と「育つ」のあいだには大きな違いがあります。もちろん、このクラスは私が手塩にかけて育てたのだ、と自分をねぎらう瞬間があっても良いのですが、それればかりでは先生として大事なものを見失ってしまいかねません。ペックの「先生」は、どのような気持ちでみずからを「お百姓さん」にたとえたのでしょう。ちなみに、「畑さん」の原語は「マイ・ガーデン」です。

地中深く、ぼくのトウモロコシは根をはり、育っていく。ぼくは種をまくだけ。神様が、すべての創造主である神様が、残りの仕事をやってくださる。（中略）

何年も前、学校に行きはじめたころ、ぼくは教室がひとつしかない村の学校に通っていた。そのときの担任のケリー先生がこんなことをいった。

「学校の先生っていうのはね、お百姓さんみたいなものなのよ。だって、わたしたちはみんな、これから育っていく新しい作物の世話をまかされているんですもの。でも、お百姓さんは毎朝畑にいかなくちゃいけないから、先生のほうが楽ね。畑さんのほうがこっちにきてくれるんだから」

ペック『続・豚の死なない日』より

14　学生に告発される

「ハラスメント」という言葉を、初めて耳にしたときのことを覚えていますか。浸透性の高い言葉というのは、世界の見方を一変させてしまいます。そこでは、どういうつもりで言ったかよりも、どういうふうに受け止められたかが問題になるのですが、それは、このフィリップ・ロスのケースでも同じです。

その授業には十四人の履修生がいた。コールマンは最初の数回の授業で冒頭に出席を取り、学生たちの名前を覚えようとした。すると学期の五週目になっても、点呼に応えない学生が二名いた。六週目になって、コールマンは授業を始めるときにこう言った。
「誰かこの人たちを知っているかい？　この人たちは存在しているのかい、それとも幽霊《スプーク》なのかな？」
　その日のうちに、彼は自分の後任である新しい学部長に呼び出された。用件は驚いたことに、彼が人種差別で告発されたということだった。彼を訴えたのは授業を欠席していた二人の学生で、彼らはたまたま黒人だった。彼らは欠席していながら、欠席について教室で問いただされたときの言葉をすぐに知らされたのだ。コールマンは学部長に言った。「私は彼らが目に見えない存在なのかどうかと言ったんですよ。そんなの、明らかじゃないですか？　この二人の学生は一回も授業に来ていないんです。それしか、私は彼らについて知りません。私はこの言葉を慣用的かつ主要な意味で使ったんですよ。幻影とか幽霊とかの意味のスプーク。この二人の肌の色が何色かなんて、私にわかりようがない（中略）」。彼は思う存分自己弁護をすると、これで問題は終わったと考え、家に帰った。

ロス『ヒューマン・ステイン』より

15 学生の反応を引き出す

授業中の居眠りに対して、教師のみなさんはどのように対応していますか。声を荒げるのは大人げなく、かといって、居眠りが連鎖していくのをみすみす許すわけにもいきません。クッツェーの描く「学生」たちは、確かに目を覚ましたかもしれませんが、彼らの内心を実況中継のように想像する教師は、いっそう惨めな思いをしているようです。

彼がいくら呼びかけようと、教室の空気は紙っぺらのように手応えがない。［ワーズワースの詩のなかで］ひとりの男が山を眺めている。それだけのことで、なぜこうも複雑になってしまうのか？　学生たちはそう文句を言いたいのだろう。そんな彼らにどんな答えを与えてやれる？　初めての晩、メラニーにも言ったじゃないか？　一閃の啓示がなければなにも始まらない、と。この部屋のどこに、啓示の閃きがある？

彼はメラニーをすばやく一瞥する。彼女は頭をたれ、テキストを読むのに余念がない、少なくともそう見える。

（中略）

「恋するのとおなじだ」彼は言う。「もし目が見えなかったら、そもそも恋に落ちることもまずない。しかし、だからといって、視覚器官の冷徹な光のなかで、愛する人のことを見たいと本気で思うかね？　視線にはヴェールをかけておくほうが身のためではないのかな。女性を女神のような原型の姿でとどめておくために」

ワーズワースの詩には無いような話だが、少なくとも学生たちは目を覚ます。原型だって？　彼らはつぶやく。女神だって？　こいつ、なにをしゃべっているんだ？　このおやじに愛のなにがわかる？

クッツェー『恥辱』より

16　学費について話す

教育はビジネスではないと言った場合、その前提となるのは、多額の「学費」が教師たちの直接の「給与」になるわけではないというロジックです。ですが、グリーンの「博士」は、自分と生徒のあいだに保護者の存在をもち出し、学費とはすなわち彼らの「投資」であると言います。このことを、みなさんはどう思われますか？

「わたしの名前はハイド博士だ。もちろん、ファーストネームがある。が、君たちにとっては、博士でいい。君たちのご両親は、君たちがこの学校で勉強できるよう多額の授業料を払っている。どうか、ご両親の投資になんらかのお返しをしてほしい。そのためには、わたしが読むようにいった本を読み、授業にしっかり出席するように。そしてこの教室にいるときは、わたしの話をよくきくように」Aを取るのは簡単じゃなさそうだ。

「（中略）この授業では、わたしはほとんどずっと話すつもりだ。だから君たちはほとんどずっときくことになる。君たちは賢いかもしれないが、わたしのほうが賢い時間が長い。君たちの中には、講義の授業は嫌いだという生徒もきっといると思う。しかしもう気づいていると思うが、わたしは昔と違って、もう若くない。ここに残っている息を使って、イスラムの歴史の細かい点について討論したいとは思うものの、一緒にいられる時間は短い。そこで、わたしはしゃべり、君たちはきく。なぜならわれわれはここで、歴史において非常に重要な探究をしようとしているからだ。つまり、意味の探究だ（中略）」

「**迷宮の本質**」ぼくは、背を螺旋の針金で綴じてあるノートに書きこんだ。「そして、そこから抜け出す**方法**」この授業は気に入った。

グリーン『アラスカを追いかけて』（強調原文）より

17 子どもたちに点数をあげる

学校の評価というのは、なんのためにあるのでしょう。このことに疑問をもつと、教師という職業はとたんに難しいものとなります。フランスの『少年少女』では、その答えが、先生ではなく母親の口を借りて語られていますが、もしもこの「利益のないご褒美こそが、もっとも尊い」ということを、教師自身の口から伝えるとしたら、どのようなロジックが必要となるでしょう。

マドマゼール・ジャンセーニュの学校は、世界じゅうで一番いい少女たちの学校でした。私がこういうのに不服の人、反対をとなえるような人があるなら、私はその人たちを天邪鬼《あまのじゃく》とも悪口屋《わるくちや》ともいうでしょう。

（中略）

この日ローズ・ブノアは、話し方を少しの間違いもなしに暗誦しました。そうしていい点数をもらいました。エムリーヌ・キャペルも、算術がよくできたので、いい点数をもらいました。

学校から帰ってくると、いい点数をもらったことを、エムリーヌはお母さんに告げました。それから彼女はたずねました、

「いい点数は何の役にたつの、ね、お母さん？」

「いい点数は、何かの役にたつというような、そんなものではありません。しかしそれだから、いい点数をもらったことを喜ばなければなりません。お前も今に、一番貴いご褒美は、ただ名誉だけが与えられて、それから受ける利益はない、そんなご褒美だということがわかるようになるでしょう。」

フランス『少年少女』より

引用文献一覧

日本文学編

1 太宰治『人間失格・桜桃』（角川文庫、二〇〇七年）、二二一二三ページ。
2 宮沢賢治『新編 風の又三郎』（新潮文庫、二〇一一年）、三六〇ー六一ページ。
3 三浦綾子『銃口』上巻（小学館文庫、一九九八年）、二九七ー九八ページ。
4 万城目学『鹿男あをによし』（幻冬舎文庫、二〇一〇年）、二二一ー二三ページ。
5 村上龍『69 sixty nine』（集英社文庫、二〇一三年）、一二九ー三〇ページ。
6 川上未映子『ヘヴン』（講談社、二〇〇九年）、一四三ー四四ページ。
7 島本理生『あなたの呼吸が止まるまで』（新潮社、二〇〇七年）、一〇一ー〇二ページ。
8 綿矢りさ『勝手にふるえてろ』（文春文庫、二〇一二年）、二四ー二五ページ。
9 村上春樹『スプートニクの恋人』（講談社文庫、二〇〇一年）、二八五ー八七ページ。
10 夏目漱石『吾輩は猫である』（新潮文庫、二〇〇三年）、三〇四ー〇五ページ。
11 北村薫『スキップ』（新潮文庫、一九九九年）、五三〇ー三三ページ。
12 織田作之助『わが町・青春の逆説』（岩波文庫、二〇一三年）、三一三ページ。
13 島崎藤村『破戒』（新潮文庫、二〇〇五年）、二三三ー三四ページ。
14 芥川龍之介『芥川龍之介全集』第四巻（岩波書店、一九九六年）、八三ー八四ページ。
15 川上弘美『蛇を踏む』（文藝春秋、一九九六年）、一六ー一七ページ。
16 太宰治『パンドラの匣』（新潮文庫、二〇〇九年）、一八ー二〇ページ。
17 夏目漱石『三四郎』（新潮文庫、二〇一一年）、四二ー四三ページ。

海外文学編

1 ルーシー・モード・モンゴメリ『アンの青春』（村岡花子訳、新潮文庫、二〇〇八年）、六ページ。

2 エーリヒ・ケストナー『飛ぶ教室』（池内紀訳、新潮文庫、二〇一四年）、九八ページ。

3 サッカリー『虚栄の市』（一）（中島賢二訳、岩波文庫、二〇〇三年）、二九―三〇ページ。

4 フランシス・ホジソン・バーネット『小公女』（畔柳和代訳、新潮文庫、二〇一四年）、三二―三三ページ。

5 ドーデー『月曜物語』（桜田佐訳、岩波文庫、一九五九年）、一二―一三ページ。

6 マーク・トウェイン『トム・ソーヤーの冒険』（柴田元幸訳、新潮文庫、二〇一二年）、二二八―二二九ページ。

7 ジョイス『若い芸術家の肖像』（大澤正佳訳、岩波文庫、二〇〇七年）、三五八ページ。

8 アラン・シリトー『長距離走者の孤独』（丸谷才一、河野一郎訳、新潮文庫、一九九二年）、九九―一〇〇ページ。

9 アントン・チェーホフ『チェーホフ短篇集』（松下裕訳、ちくま文庫、二〇〇九年）、八六―八七ページ。

10 ジェイムズ・ヒルトン『チップス先生、さようなら』（白石朗訳、新潮文庫、二〇一六年）、六一ページ。

11 J・D・サリンジャー『キャッチャー・イン・ザ・ライ』（村上春樹訳、白水社、二〇〇三年）、二四ページ。

12 ジョン・オカダ『ノーノー・ボーイ』（川井龍介訳、旬報社、二〇一六年）、八一―八二ページ。

13 ロバート・ニュートン・ペック『続・豚の死なない日』（金原瑞人訳、白水社、一九九六年）、六八ページ。

14 フィリップ・ロス『ヒューマン・ステイン』（上岡伸雄訳、集英社、二〇〇四年）、一一―一二ページ。

15 J・M・クッツェー『恥辱』（鴻巣友季子訳、早川書房、二〇〇〇年）、二九―三〇ページ。

16 ジョン・グリーン『アラスカを追いかけて』（金原瑞人訳、岩波書店、二〇一七年）、四六―四七ページ。

17 アナトール・フランス『少年少女』（三好達治訳、岩波文庫、一九七二年）、一四―一七ページ。

【著者】

波戸岡 景太

（はとおか・けいた）

1977年生まれ。千葉大学卒、慶應義塾大学大学院後期博士課程修了。
博士（文学）。明治大学教授。
研究領域は、日米の現代小説と表象文化。
主著に『映画原作派のためのアダプテーション入門
——フィッツジェラルドからピンチョンまで』（彩流社）、
『ラノベのなかの現代日本——ポップ／ぼっち／ノスタルジア』（講談社現代新書）、
『ピンチョンの動物園』（水声社）、
『オープンスペース・アメリカ——荒野から始まる環境表象文化論』（左右社）など。
翻訳に、スーザン・ソンタグ『ラディカルな意志のスタイルズ［完全版］』
（管啓次郎との共訳、河出書房新社）がある。

教師《きょうし》の悩《なや》みは、すべて小説《しょうせつ》に書《か》いてある

『坊《ぼ》っちゃん』から『告白《こくはく》』までの文学案内《ぶんがくあんない》

2019年6月15日　第1刷発行

【著者】
波戸岡 景太

発行者：高梨 治

発行所：株式会社**小鳥遊《たかなし》書房**
〒102-0071　東京都千代田区富士見 1-7-6-5F
電話 03 (6265) 4910（代表）／FAX　03 (6265) 4902
http://www.tkns-shobou.co.jp

装幀　仁川範子
印刷　明和印刷（株）
製本　（株）村上製本所

ISBN978-4-909812-14-8　C0095